趙孟頫「調良圖」：趙孟頫（1254-1322），宋太祖十一世孫，居浙江吳興。元初大書畫家。

銀槎杯：製於元至正五年。

元代釉裏紅花卉大碗

北京天寧寺塔：天寧寺建於北魏，名宏業寺，唐代稱天王寺，金代改稱大萬安寺，元末毀於火，明朝燕王時重建，姚廣寺居於該寺。塔高十三丈，共十三級。

元代的石彫羅漢：現藏德國科倫東亞藝術館。

古波斯故事書插畫——波斯明教教義之主旨為善神與惡神不斷鬥爭，「火」為光明仁善之代表。圖中所繪為惡神手下之諸惡魔，樹上生人頭、坐騎有七首等等，異想天開之至。

中國境內出土的波斯古銀幣：分別在吐魯番高昌古城、定縣北魏塔基、陝縣隋墓、西安唐墓等處出土，可見在北魏、隋、唐年間，波斯人已與中國交通頻繁。

波斯軍與蒙古軍戰鬥圖——波斯故事書中的插畫。頭有紅色豎起裝飾者為波斯人。

波斯王登基圖：此波斯王較張無忌時代遲一百餘年，由此圖可見到其時波斯貴人的裝束。

蒙古戰船及戰士：錄自日本「蒙古襲來繪詞」長卷。傅抱石《中國美術年表》記該長卷於元世祖至元三十年繪成。圖中之戰船似太小，不足以遠涉重洋而攻日本，或為大戰船所附之登陸艇。

大字版

倚天屠龍記

金庸

⑥四女同舟

大字版金庸作品集㊱

倚天屠龍記 (6)四女同舟 「公元2005年金庸新修版」

The Heavenly Sword and the Dragon Sabre, Vol. 6

作　　者／金　庸

封面設計／唐壽南　內頁插畫／姜雲行

發 行 人／王　榮　文
出版・發行／遠流出版事業股份有限公司
臺北市中山北路一段11號13樓
電話／2571-0297　**傳真**／2571-0197　**郵撥**／0189456-1

□2005年 3 月16日　初版一刷
□2022年 3 月16日　二版六刷

大字版　每冊380元（本作品全八冊，共3040元）

〔另有典藏版共36冊（不分售），平裝版共36冊，新修版共36冊，新修文庫版共72冊〕

ISBN　978-957-32-8103-0（**套：大字版**）
ISBN　978-957-32-8100-9（**第六冊：大字版**）
Printed in Taiwan

YLib 遠流博識網
http://www.ylib.com　E-mail:ylib@ylib.com

目錄

何太沖手持木劍，劍頭包著布。對面則是個高大番僧，手中拿著的卻是一柄純鋼戒刀。兩人兵刃利鈍懸殊，幾乎不用比試，一見之下，勝負已定。

二十六　俊貌玉面甘毀傷

這日午後，三騎一車逕向北行，不一日已到元朝的京城大都。其時蒙古人鐵騎所至，直至數萬里外，歷來大國幅員之廣，無一能及。大都即後代的北京。帝皇之居，各小國各部族的使臣、貢官，以及隨員、商賈，不計其數，遠者來自極西，當時總稱之爲色目人。張無忌等一進城門，便見街上來來往往，不少都是黃髮碧眼之輩。

四人到得西城，找到了一家客店投宿。楊逍出手闊綽，裝作富商大賈模樣，要了三間上房。店小二奔走趨奉，服侍殷勤。楊逍問起大都城裏的名勝古蹟，談了一會，漫不經意的問起有甚麼古廟寺院。

那店小二第一所便說到西城的萬安寺：「這萬安寺眞是好大一座叢林，寺裏的三尊大銅佛，便走遍天下，也找不出第四尊來，原該去見識見識。但客官們來得不巧，這半年來，寺中住了西番的佛爺們，尋常人就不敢去了。」楊逍道：「住了番僧，去瞧瞧也不礙事啊。」那店小二伸了伸舌頭，四下裏一張，低聲道：「不是小的多嘴，客官們初來京城，說話還得留神些。那些西番的佛爺們見了人愛打便打，愛殺便殺，見了標致的娘兒們更一把便抓進寺去。這是皇上聖旨，金口許下的。有誰敢老虎頭上拍蒼蠅，走到西番佛爺的跟前去？」西域番僧倚仗蒙古人的勢力，橫行不法，欺壓漢人，楊逍等知之已久，只沒料到在京城中竟也這般肆無忌憚，當下也不跟那店小二多說。

晚飯後各自合眼養神，等到二更時分，張無忌、楊逍、韋一笑三人從窗中躍出，向西尋去。

那萬安寺樓高四層，寺後的一座十三級寶塔更老遠便可望見。三人展開輕功，片刻間便到寺前。三人繞到寺院左側，想登上寶塔，居高臨下察看寺中情勢，不料離塔二十餘丈，便見塔上人影綽綽，每一層中都有人來回巡查，塔下更有二三十人守著。

三人一見之下，又驚又喜，此塔守衛既如此嚴密，少林、武當各派人衆多半便囚禁在內，倒省了一番探訪功夫。但敵方戒備森嚴，救人必定極不容易。何況空聞、空智、宋遠橋、俞蓮舟、張松溪等，那一個不是武功卓絕，卻盡數遭擒，則對方能人之多、手段之狠，不言可喻。三人來萬安寺之前已商定不可鹵莽從事，當下悄悄退開。

突然之間，第六層寶塔上亮起火光，有八九人手執火把緩緩移動，火把從第六層亮到第五層，又從第五層亮到第四層，一路下來，到了底層後，從寶塔正門出來，走向寺去。張無忌揮了揮手，三人從旁慢慢欺近。萬安寺後院一株株古樹參天，三人以大樹作掩蔽，一聽有風聲響動，便即奔前數丈。三人輕功雖高，卻也恐爲人察覺，須得乘著風動落葉之聲，才敢移步。

如此走上二十多丈，已看清楚是十餘名黃袍男子，手中各執兵刃，押著一個寬袖大袍的老者。那人偶一轉頭，張無忌看得明白，正是崑崙派掌門人鐵琴先生何太沖，登時心中一凜：「果然連何先生也在此處。」

眼見一干人進了萬安寺後門，三人等了片刻，見四下確實無人，才從後門中閃身而入。那寺院房舍眾多，規模幾和少林寺相彷彿，見中間一座大殿的長窗內燈火明亮，料得何太沖是給押到了該處。三人閃身而前，到了殿外。張無忌伏在地下，從長窗下截縫隙中向殿內張望。楊逍和韋一笑分列左右把風守衛。他三人雖藝高膽大，此刻深入龍潭虎穴，心下也不禁惴惴。

長窗縫隙甚細，張無忌只見到何太沖下半身，殿中另有何人卻無法瞧見。只聽何太沖氣沖沖的道：「我既墮奸計，落入你們手中，要殺要剮，一言而決。你們逼我做朝廷鷹犬，那是萬萬不能，便再說上三年五載，也白費唇舌。」張無忌暗暗點頭，心想：「這何先生雖不是甚麼正人君子，但大關頭上卻把持得定，不失爲一派掌門的氣概。」

只聽一個男子聲音冷冰冰的道：「你既固執不化，主人也不勉強，這裏的規矩你是知道的了？」何太沖道：「我便十根手指一齊斬斷，也不投降。」那人道：「好，我再說一遍，你如勝得了我們這裏三人，立時放你出去。如若敗了，便斬斷一根手指，囚禁一月，再問你降也不降。」何太沖道：「我已斷了兩根手指，再斷一根，又有何妨？拿劍來！」那人冷笑道：「等你十指齊斷之後，再來投降，我們也不要你這廢物了。拿劍給他！摩訶巴思，你跟他練練！」另一個粗壯的聲音應道：「是！」

張無忌手指尖暗運神功，輕輕將縫隙稍爲挖大，只見何太沖手持一柄木劍，劍頭包著布，既軟且鈍，不能傷人，對面則是個高大番僧，手中拿著的卻是一柄青光閃閃的純鋼戒刀。兩人兵刃利鈍懸殊，幾乎不用比試，一見便分勝負。但何太沖毫不氣餒，木劍輕晃，說道：「請！」唰的一劍，去勢凌厲，崑崙劍法果有獨到之秘。那番僧摩訶巴思身裁魁梧，行動卻甚敏捷，一柄戒刀使將開來，刀刀斬向何太沖要害。張無忌只看了數招，便即暗驚：「怎地何先生腳步虛浮，氣息不勻，竟似內力全然失卻了？」

何太沖劍法雖精，內力卻似和常人相去不遠，劍招上的凌厲威力全然施展不出，不過那番僧的武功實遜他兩籌，幾次猛攻而前，總是給何太沖以精妙招術反得先機。拆到五十餘招後，何太沖喝一聲：「著！」一劍東劈西轉，斜迴而前，托的一聲輕響，已戳在那番僧腋下。倘若他手中持的是尋常利劍，又或內力不失，劍鋒早透肌而入。

只聽那冷冷的聲音說道：「摩訶巴思退！溫臥兒上！」張無忌向聲音來處看去，見說話之人臉上有如罩著一層黑煙，一部稀稀朗朗的花白鬍子，正是玄冥二老之一。他負手而立，雙目半睜半閉，似對眼前之事漠不關心。

再向前看，見一張鋪著錦緞的矮几上踏著一雙腳，腳上穿一對鵝黃色女裝緞鞋，鞋頭上各綴一顆明珠。這對腳腳掌纖美，踝骨渾圓，張無忌想像起來，正是當日綠柳莊中自己曾捉過在手的趙敏的雙足。他在武當山和她相見，全以敵人相待，但此時見了這一對踏在錦凳上的纖足，回想當時纖足在手的情景感覺，忍不住面紅耳赤，心跳加劇。

但見趙敏的右足輕輕點動，料想她正全神貫注的觀看何太沖和溫臥兒比武。約莫一盞茶時分，何太沖叫聲：「著！」趙敏的右足在錦凳上一登，溫臥兒又敗下陣來。那黑臉的玄冥老人說道：「溫臥兒退，黑林缽夫上。」

張無忌聽到何太沖氣息粗重，想必他連戰二人，已然十分吃力。片刻間劇鬥又起，那黑林缽夫是個粗壯大漢，使的是根長大沉重的鐵杖，使開來風聲滿殿，殿上燭火為風勢激得忽明忽暗，燭影猶似天上浮雲，一片片的在趙敏腳上掠過。驀地裏眼前一黑，殿右幾枝紅燭齊為鐵杖鼓起的疾風吹熄，喀的一響，木劍斷折。何太沖一聲長嘆，拋劍在地，這場比拚終於輸了。

玄冥老人道：「鐵琴先生，你降不降？」何太沖昂然道：「我既不降，也不服。我內力若在，這番僧焉是我對手？」玄冥老人冷冷的道：「斬下他左手無名指，送回塔去。」

張無忌回過頭來，楊逍向他搖了搖手，意思顯然是說：「此刻衝進殿去救人，不免誤了大事。」但聽得殿中斷指、敷藥、止血、裹傷，何太沖甚爲硬氣，竟一聲也沒哼。那羣黃衣人手執火把，將他送回高塔囚禁。張無忌等縮身在牆角之後，火光下見何太沖臉如白紙，咬牙切齒，神色憤怒。

一行人走遠後，忽聽得一個嬌柔清脆的聲音在殿內響起，說道：「鹿杖先生，崑崙派的劍法果眞了得，他刺中摩訶巴思那一招，先是左邊這麼一劈，右邊這麼一轉……」張無忌又湊眼去瞧，見說話的正是趙敏。她一邊說，一邊走到殿中，手提一柄黃楊木劍，照著何太沖的劍法使了起來。番僧摩訶巴思手舞雙刀，跟她餵招。

那黑臉的玄冥老人便是趙敏稱爲「鹿杖先生」的鹿杖客，讚道：「主人當眞聰明之至，這招使得分毫不錯。」趙敏練了一次又練一次，每次都是將劍尖戳到摩訶巴思脇下，劍雖是木製，但重重一戳，每一次又都戳在同一部位，料必頗爲疼痛。摩訶巴思卻聚精會神的跟她餵招，拆到這一招時，依然露出脇下破綻，讓她來戳，全無半點閃避或怨懟之意。她練熟了這幾招，又叫溫臥兒出來，再試何太沖如何擊敗他的劍法。

張無忌已瞧得明白，原來趙敏將各派高手囚禁此處，使藥物抑住各人內力，逼迫他們投降朝廷。衆人自然不降，便命人逐一與之相鬥，她在旁察看，得以偷學各門各派的精妙招數，用心既毒，計謀又惡，當眞異想天開。

跟著趙敏和黑林鉢夫餵招，使到最後數招時有些遲疑，問道：「鹿杖先生，是這樣的麼？」鹿杖客沉吟不答，轉頭道：「鶴兄弟，你瞧淸楚了沒有？」左首角落裏一個聲音道：「苦大師一定記得更淸楚。」趙敏笑道：「苦大師，勞你的駕，請來指點一下。」

只見右首走過來一個長髮披肩的頭陀，身裁魁偉，滿面橫七豎八的都是刀疤，本來相貌已全不可辨。他頭髮作黃棕之色，自非中土人氏。他一言不發，接過趙敏手中木劍，唰唰唰唰數劍，便向黑林鉢夫攻去，使的竟是極精純的崑崙派劍法。

這個給稱爲「苦大師」的頭陀模仿何太沖劍招，也絲毫不使內力，那黑林鉢夫卻全力施爲，鬥到酣處，他揮杖橫掃，殿右熄後點亮了的紅燭突又齊滅。何太沖在這一招上無可閃避，迫得以木劍硬擋鐵杖，這才折劍落敗，但那苦頭陀的木劍方位陡轉，輕飄飄的削出，猶似輕燕掠過水面、貼著鐵杖削了上去。

黑林鉢夫握杖的手指給木劍削中，虎口處穴道酸痳，登時拿揑不住，嗆的一聲，鐵杖落地，撞得靑磚磚屑紛飛。

黑林鉢夫滿臉通紅，心知這木劍若是換了利劍，自己八根手指早已削斷，向苦頭陀躬身道：「苦大師，拜服！」俯身拾起鐵杖。苦頭陀雙手托著木劍，交給趙敏。

趙敏笑道：「苦大師，最後一招精妙絕倫，也是崑崙派的劍法麼？」苦頭陀搖了搖頭。趙敏又道：「難怪何太沖不會。苦大師，你教教我。」苦頭陀空手比劍。趙敏持劍照做。練到第三次時，苦頭陀行動如電，劍招已快得不可思議，趙敏便跟不上了，但她劍招雖然慢了，仍依模依樣，絲毫不爽。苦頭陀翻過身來，雙手向前一送，停著就此不動。張無忌暗暗喝一聲彩：「好，高明之極！」

趙敏一時卻不明白，側頭看著苦頭陀的姿勢，想了一想，便即領悟，說道：「啊，苦大師，你手中若有兵刃，一杖已擊在我臂上。這一招如何化解？」只是苦頭陀反手做個姿勢，抓住鐵杖，左足飛出，頭一抬，顯已奪過敵人鐵杖，同時將人踢飛。這幾下似拙實巧，乃是極剛猛的外門功夫。趙敏笑道：「好師父，你快教我！」神情又嬌又媚。

張無忌心中怦的一跳，心想：「你內力不夠，這一招是學不來的。可是你這麼求人，實教人難以相拒，倘若向我相求，我可不知如何是好？」只見苦頭陀做了兩個手勢，正是示意：「你內力不夠，沒法子學。」轉身走開，不再理她。

張無忌尋思：「這苦頭陀武功之強，似不下於玄冥二老，雖不知內力如何，但他招數神妙，大是勁敵。他只打手勢不說話，難道是個啞巴？可是耳朵卻又不聾。趙姑娘對他頗見禮遇，此人定是大有來頭。」

趙敏見苦頭陀不肯再教，微微一笑，也不生氣，說道：「叫崆峒派的唐文亮來。」過不多時，唐文亮給押著進殿。鹿杖客又派了三個人和他過招。唐文亮不肯在兵刃上吃虧，空手比掌，先勝兩場，到第三場上，對手催動內力，唐文亮無可與抗，亦給斬去了一根手指。

這一次趙敏練招，由鹿杖客在旁指點。張無忌此時已瞧出端倪，趙敏顯是內力不足，情知難以速成，便想盡學各家門派招式之所長，俾成一代高手；心想這條路子原亦可行，招數練到極精之時，大可補功力之不足。

趙敏練過掌法，說道：「叫滅絕老尼來！」一名黃衣人稟道：「滅絕老尼已絕食五天，今日仍倔強異常，不肯奉命。」趙敏笑道：「餓死了她也罷！唔，叫峨嵋派那個小姑娘周芷若來。」手下人答應了，轉身出殿。

張無忌對周芷若當年在漢水舟中殷勤照料之意，常懷感激。在光明頂上，周芷若曾指點他易數方位之法，由此得以抵擋華山、崑崙兩派的刀劍聯手，其後刺他一劍，那是奉了師父嚴令，不得不遵，而她劍勢偏了，顯是有意容情。這時聽趙敏吩咐帶她前來，不禁心頭一震。

過了片刻，一羣黃衣人押著周芷若進殿。張無忌見她清麗如昔，只比在光明頂之時略現憔悴，雖身處敵人掌握，仍泰然自若，似乎早將生死置之度外。鹿杖客照例問她降是不降，周芷若搖了搖頭，並不說話。

鹿杖客正要派人和她比劍，趙敏道：「周姑娘，你這麼年輕，已是峨嵋派及門高弟，著實令人生羨。聽說你是滅絕師太的得意弟子，深得她老人家劍招絕學，是也不是？」周芷若道：「家師武功博大精深，說到傳她老人家劍招絕學，小女子年輕學淺，可差得遠了。」趙敏笑道：「這裏的規矩，只要誰能勝得我們三人，便平平安安的送他出門，再沒絲毫留難。尊師何以這般崖岸自高，不屑跟我們切磋一下武學？」

周芷若道：「家師是寧死不辱。堂堂峨嵋派掌門，豈肯在你們手下苟且求生？你說得不錯，家師確是瞧不起卑鄙陰毒的小人，不屑跟你們動手過招。」趙敏竟不生氣，笑道：「那周姑娘你呢？」周芷若道：「我小小女子，有甚麼主見？師父怎麼說，我便怎麼做。」趙敏道：「尊師叫你也不要跟我們動手，是不是？那爲了甚麼？」周芷若道：「峨嵋派的劍法，雖不能說是甚麼了不起的絕學，終究是中原正大門派的武功，不能讓番邦胡虜的無恥之徒偷學了去。」她說話神態斯斯文文，但言辭鋒利，絲毫不留情面。

趙敏一怔，沒料到自己的用心，居然會給滅絕師太猜到了，聽周芷若左一句「陰毒小人」，右一句「無恥之徒」，忍不住有氣，嗤的一聲輕響，倚天劍已執在手中，說道：「你師父罵我們是無恥之徒。好！我倒要請教，這口倚天劍明明是我家家傳之寶，怎地會給峨嵋派偷盜了去？」周芷若淡淡的道：「倚天劍和屠龍刀，向來是中原武林中的兩大利器，從沒聽說跟番邦女子有甚干係。」

趙敏臉上一紅，怒道：「哼！瞧不出你嘴上倒厲害得緊。你是決意不肯出手的了？」周芷若搖了搖頭。趙敏道：「旁人比武輸了，或是不肯動手，我都截下他們一根指頭。你這小妞兒想必自負花容月貌，以致這般驕傲，我也不截你的指頭，」說著伸手向苦頭陀一指，道：「我叫你跟這位大師父一樣，臉蛋兒劃上二三十道劍痕，瞧你還驕不驕傲？」她左手輕揮，兩個黃衣人搶上前來，執住了周芷若雙臂。

趙敏微笑道：「要劃得你的俏臉蛋變成個蜜蜂窩，也不必使甚麼峨嵋派精妙劍法。你以爲我三腳貓的把式，就不能叫你變成個醜八怪麼？」

周芷若珠淚盈眶，身子發顫，眼見那倚天劍的劍尖離開自己臉頰不過數寸，只要這惡魔手腕前送，自己轉眼便和那個醜陋可怖的頭陀相同。趙敏笑道：「你怕不怕？」周芷若再也不敢強項，點了點頭。趙敏道：「好啊！那麼你是降順了？」周芷若道：「我不降！你把我殺了罷！」趙敏笑道：「我從來不殺人的。我只劃破你一點兒皮肉。」

寒光微閃，趙敏手中長劍便往周芷若臉上劃去，突然噹的一響，殿外擲進一物，將倚天劍撞了開去。在此同時，殿上長窗震破，一人飛身而入。那兩名握住周芷若的黃衣人身不由主的向外跌飛。破窗而入的那人迴過左臂，護住了周芷若，伸出右掌，和鹿杖客一掌相交，砰的一聲，各自退開兩步。衆人看那人時，正是明教教主張無忌。

他這一下如同飛將軍從天而降，誰都大吃一驚，即令是玄冥二老這般大高手，事先竟也沒絲毫警覺。鹿杖客聽得長窗破裂，即便搶在趙敏身前相護，跟張無忌拚了一掌，竟然立足不定，退開兩步，待要提氣再上，剎那間全身燥熱不堪，宛似身入熔爐。

周芷若眼見大禍臨頭，不料竟會有人突然出手相救。她讓張無忌摟在胸前，碰到他寬廣堅實的胸膛，又聞到一股濃烈的男子氣息，當日在光明頂上給他抱在懷裏奔行的微妙感覺，又即回到心中，不由得又驚又喜，一剎那間身子軟軟的幾欲暈去。原來張無忌以九陽神功和鹿杖客的玄冥神掌相抗，全身陽氣鼓盪而出，身暖有若熔爐，何況這男子又是她日夜思念的夢中之伴、意中之人？心中只覺無比歡喜，四周敵人如在此刻千刀萬劍同時斬下，她也無憂無懼。

楊逍和韋一笑見教主衝入救人，跟著便閃身而入，分站在他身後左右。趙敏手下衆衛護以變起倉卒，初時微見慌亂，但隨即瞧出闖進殿來只三名敵人，殿內殿外的守衛武士唿哨相應，知道外邊更無敵人，立即堵死了各處門戶，靜候趙敏發落。

趙敏既不驚懼，也不生氣，只怔怔的向張無忌望了一陣，眼光轉到殿角兩塊金光燦爛之物，原來她伸倚天劍去劃周芷若的臉時，張無忌擲進一物，撞開她劍鋒，那物正是她所贈的黃金盒子。倚天劍鋒銳無倫，一碰之下，立將金盒剖成兩半。她向兩半金盒凝視半晌，說道：「你如此厭惡這隻盒子，非要它破損不可麼？」

張無忌聽得這句話中充滿了幽怨之意，側頭瞧她的眼色，並非憤怒責怪，竟是淒然欲絕，一怔之下，甚感歉咎，柔聲道：「我沒帶暗器，匆忙中隨手在懷裏一探，摸了盒子出來，實非有意，還請姑娘莫怪。」趙敏眼中光芒一閃，問道：「這盒子你隨身帶著麼？」張無忌道：「是！」見她妙目凝望自己，而自己左臂還摟著周芷若，臉上微微一紅，便鬆開了手臂。

趙敏嘆了口氣，道：「我不知周姑娘是你……是你的好朋友，否則也不會這般對她。原來你們……」說著將頭轉了開去。張無忌道：「周姑娘和我……也沒甚麼……只是……只是……」說了兩個「只是」，卻接不下去。趙敏又轉頭向地下那兩半截金盒望了一眼，沒說一句話，可是眼光神色之中，卻似已說了千言萬語。

周芷若心頭一驚：「這個女魔頭對他顯是十分鍾情，豈難道……」

張無忌的心情卻不似這兩個少女細膩周至，趙敏的神色他只模模糊糊的懂了一些，全沒體會到其中深意。他只覺趙敏贈他珠花金盒，治好了俞岱巖和殷梨亭的殘疾，此時他卻將金盒毀了，未免對人家不起，於是走向殿角，俯身拾起兩半截金盒，說道：「我去請高手匠人重行鑲好。」趙敏喜道：「當眞麼？」張無忌點了點頭，心想你我都統率無數英雄豪傑，怎會去重視這些無關緊要的金銀玩物？黃金盒雖然精致，也不是甚麼珍異寶物，盒中所藏的黑玉斷續膏已經取出，盒子便無多大用處，破了不必掛懷，再鑲好它，也只小事一樁。眼前有多少大事待決，你卻儘跟我說這隻盒子，想必是年輕姑娘婆婆媽媽，對這些身邊瑣事特加關心，眞是女流之見，便將兩半截盒子揣入懷中。

趙敏道：「那你去罷！」張無忌心想宋大師伯等尙未救出，怎能就此便去，但敵方高手如雲，己方只有三人，說到救人，當眞談何容易，問道：「趙姑娘，你擒拿我大師伯等人，究竟意欲何爲？」趙敏笑道：「我是一番好意，要勸請他們爲朝廷出力，各享榮華富貴。那知他們固執不聽，我迫於無奈，只得慢慢勸說。」

張無忌哼了一聲，轉身回到周芷若身旁，他在敵方衆高手環伺之下，俯身拾盒，坦然而回，竟來去自如，旁若無人。他冷冷的向衆人掃視一眼，說道：「旣是如此，我們便告辭了！」說著攜住周芷若的手，轉身欲出。

趙敏森然道：「你自己要去，我也不留。但你想把周姑娘也帶了去，竟不來問我一聲，你當我是甚麼人了？」張無忌道：「這確是在下欠了禮數。趙姑娘，請你放了周姑娘，讓她隨我同去。」趙敏不答，向玄冥二老使個眼色。

鶴筆翁踏上一步，說道：「張教主，你說來便來，說去便去，要救人便救人，教我們這夥人的老臉往那裏擱去？你不留下一手絕技，弟兄們難以心服。」張無忌認出了鶴筆翁的聲音，怒氣上沖，喝道：「當年我幼小之時，遭你擒住，性命幾乎不保。今日你還有臉來跟我說話？接招！」呼的一掌，便向鶴筆翁拍了過去。

鹿杖客適才吃過他苦頭，心知單憑鶴筆翁一人之力，決不是他對手，搶上前來，出掌向他擊出。張無忌右掌仍擊向鶴筆翁，左掌從右掌下穿過，還擊鹿杖客。這是眞力對眞力相碰，中間實無閃避取巧的餘地。三人四掌相交，身子各是一晃。

當日在武當山上，玄冥二老以雙掌和張無忌對掌，另出雙掌擊在他身上，此刻重施故技，又是兩掌拍將過來。張無忌那日吃了此虧，焉能重蹈覆轍？手肘微沉，施展乾坤大挪移心法，啪的一聲大響，鶴筆翁的左掌擊上了鹿杖客的右掌。他兩人武功一師所傳，掌法相同，功力相若，登時都震得雙臂酸麻，至於何以竟致師兄弟自相拚掌，二人武功雖高，卻也不明原由。兩人又驚又怒之際，張無忌雙掌又已擊到。玄冥二老仍各出雙掌，一守一攻，所使掌法已和適才全然不同，但給張無忌一引一帶，仍是鹿杖客的左掌擊到了鶴筆翁的右掌。這乾坤大挪移手法之巧，計算之準，實屬匪夷所思。

玄冥二老駭然失色，眼見張無忌第三次舉掌擊來，不約而同的各出單掌抵禦。三人眞力相交，玄冥二老只覺對方掌力中一股純陽之氣洶湧而至，難當難耐。張無忌掌發如風，想起幼時遭鶴筆翁打了一招玄冥神掌，數年之間不知吃了多少苦頭，因此擊向鹿杖客的掌力尚留餘地，對鶴筆翁卻毫不放鬆。

二十餘掌一過，鶴筆翁一張靑臉已脹得通紅，眼見對方又揮掌擊到，他左掌虛引，意欲化解，右掌卻斜刺裏重重擊出。只聽得啪啪兩響，鶴筆翁這一掌狠狠打在鹿杖客肩頭，而張無忌那一掌卻終究沒法化開，正中胸口。總算張無忌不欲傷他性命，這一掌只使上了三成眞力，鶴筆翁哇的一聲，吐出一口鮮血，臉色已紅得發紫，身子搖晃，倘若張無忌乘勢再補上一掌，非教他斃命當場不可。鹿杖客肩頭中掌，也痛得臉色大變，嘴唇都咬出血來。

玄冥二老是趙敏手下頂兒尖兒的能人，豈知兩人合力，不出三十招便已各自受傷。趙敏手下衆武士固盡皆失色，便楊逍和韋一笑也大爲詫異。他二人曾親眼見到，那日玄冥二老在武當山出手，教主中掌受傷，不意數月之間，竟能進展神速若是。但他二人隨即想到，教主留居武當數月，爲俞岱巖、殷梨亭治傷之餘，便向張三丰請教武學中的精奧，終致九陽神功、乾坤大挪移，再加上武當絕學的太極拳劍，三者漸漸融成一體。二人心中暗讚張三丰學究天人，那才眞的稱得上「深不可測」四字。

玄冥二老比掌敗陣，齊聲呼嘯，同時取出了兵刃。只見鹿杖客手中拿著一根短杖，杖頭分叉，作鹿角之形，通體黝黑，不知是何物鑄成；鶴筆翁手持雙筆，筆端銳如鶴嘴，卻晶光閃亮。他二人追隨趙敏已非一日，但即便趙敏，也從沒見過他二人使用兵刃。這三件兵刃使展開來，只見一團黑氣，兩道白光，霎時間便將張無忌困在垓心。張無忌沒帶兵器，赤手空拳，情勢頗見不利，但他絲毫不懼，存心要試試自己武功，在這兩大高手圍攻之下，是否能空手抵敵。

玄冥二老自恃內力深厚，玄冥神掌乃天下絕學，是以一上陣便和他對掌，豈知張無忌的九陽神功卻非任何內功所能及，數十掌一過便即落敗。他二人的兵刃卻以招數詭異取勝，兩人的名號便是從所使兵刃而得，鹿角短杖和鶴嘴雙筆，每一招均凌厲狠辣，世所罕見。張無忌聚精會神，在三件兵刃之間穿來插去，攻守自如，只是一時瞧不明白二人兵刃招數的路子，取勝卻也不易。幸好鶴筆翁重傷之餘，出招已難免窒滯。

趙敏手掌輕擊三下，大殿中白刃耀眼，三人攻向楊逍，四人攻向韋一笑，另有兩人出兵刃制住了周芷若。楊逍立時搶到一劍，揮劍如電，反手便刺傷一人。韋一笑仗著絕頂輕功，以寒冰綿掌拍倒了兩人。但敵人人數實在太多，每打倒一人，便有二人擁上。

張無忌給玄冥二老纏住了，不能分身相援。他和楊韋二人要全身而退，倒也不難，要救周芷若卻萬萬不能，正自焦急，忽聽趙敏說道：「大家住手！」這四個字聲音並不響亮，她手下眾人卻一齊凜遵，立即躍開。

楊逍將長劍拋擲在地。韋一笑握著從敵人手裏奪來的一口單刀，順手揮出，擲還給了原主，哈哈大笑。張無忌見一名漢子手執匕首，抵在周芷若後心，不禁臉有憂色。周芷若黯然道：「張公子，三位請即自便。三位一番心意，小女子感激不盡。」

趙敏笑道：「張公子，周姑娘這般花容月貌，我見猶憐。她定是你的意中人了？」張無忌臉上一紅，說道：「周姑娘和我從小相識。在下幼時中了這位……」說著向鶴筆翁一指，「……的玄冥神掌，陰毒入體，周身難以動彈，多虧周姑娘服侍我食飯喝水，幫我勸我，此番恩德，不敢有忘。」趙敏道：「如此說來，你們倒是青梅竹馬之交了。你想娶她爲魔教的教主夫人，是不是？」張無忌臉上又是一紅，說道：「匈奴未滅，何以家爲！」趙敏臉一沉，道：「你定要跟我作對到底，非滅了我不可，是也不是？」

張無忌搖了搖頭，說道：「我至今不知姑娘的來歷，雖有過數次爭執，但每次均是姑娘找上我張無忌，不是張某來找姑娘生事。只要姑娘放了我衆位師伯叔及各派武林人士，在下感激不盡，不敢對姑娘心存敵意。何況當日蒙姑娘賜以靈藥，要我爲你去辦三件事，在下自當盡心竭力，決不敷衍推搪。」

趙敏聽他說得誠懇，臉上登現喜色，有如鮮花初綻，笑道：「嘿，總算你還沒忘記。」轉頭向周芷若瞧了一眼，對張無忌道：「這位周姑娘既非你意中人，也不是甚麼師兄師妹、未婚夫妻，那麼我要毀了她容貌，跟你絲毫沒干係……」她眼角一動，鹿杖客和鶴筆翁各挺兵刃，攔在周芷若之前，另一名漢子手執利刃，對準周芷若的臉頰。張無忌若要衝過來救人，玄冥二老這一關便不易闖過。趙敏冷冷的道：「張公子，你還是跟我說實話的好。」

韋一笑忽然伸出手掌，在掌心吐了數口唾沫，伸手在鞋底擦了幾下，哈哈大笑，衆人正不知他搗甚麼鬼，突然間青影一晃一閃。趙敏只覺自己臉頰上各給一隻手掌摸了一下，看韋一笑時，卻已站在原地，只手中多了兩柄短刀，卻不知是從何人腰間掏來的。

趙敏心念一動，知道不好，不敢伸手去摸自己臉頰，忙取手帕在臉上一擦，果見帕上黑黑的沾了不少泥污，顯是韋一笑鞋底的污穢再混著唾沫，思之幾欲作嘔。

只聽韋一笑道：「趙姑娘，你要毀了周姑娘容貌，那也由得你。你如此心狠手辣，我姓韋的卻放不過你。你今日在周姑娘臉上劃一道傷痕，姓韋的加倍奉還，劃傷兩道。你劃她兩道，我劃你四道。你斷她一根手指，我斷你兩根。」說到這裏，將手中兩柄短刀錚的一擊，又道：「姓韋的說得出，做得到，青翼蝠王言出必踐，生平沒說過一句空話。你防得我一年半載，卻防不得十年八年。你想派人殺我，未必追得上我。告辭了！」

這「了」字一出口，早已人影不見，啪啪兩響，兩柄短刀飛插入柱。跟著「啊喲！」「啊！」兩聲呼叫，殿上兩名番僧緩緩坐倒，手中所持長劍卻不知如何已給韋一笑奪了去，同時身上也給點中了穴道。

韋一笑這幾句話說得平平淡淡，但人人均知決非空言恫嚇，眼見趙敏白裏泛紅、嫩若凝脂的粉頰之上，給韋一笑的污手抹上了幾道黑印，倘若他手中先拿著短刀，趙敏的臉頰早就損毀了。這般來去如電、似鬼似魅的身法，確是再強的高手也防他不了，即令是張無忌，也是自愧不如。倘若長途競走，張無忌當可以內力取勝，但在庭除廊廡之間，如此趨退若神，當眞天下只此一人而已。

張無忌躬身一揖，說道：「趙姑娘，今日得罪了，就此告辭。」說著攜了楊逍之手，轉身出殿，心知在韋一笑如此有力的威嚇之下，趙敏不敢再對周芷若如何。

趙敏瞧著他的背影，又羞又怒，卻不下令攔截。

張無忌和楊逍回到客店，韋一笑已在店中相候。張無忌笑道：「韋蝠王，你今日給了他們一個下馬威，好叫他們得知明教可不是好惹的。」韋一笑道：「嚇嚇小姑娘，倒也不是甚麼難事。她裝得凶神惡煞一般，可是聽我說要毀她容貌，擔保她三天三晚睡不著覺。」楊逍笑道：「她睡不著覺，那可不好，咱們前去救人就更加難了。」

張無忌道：「楊左使，說到救人，你有何妙計？」楊逍躊躇道：「咱們這裏只有三人，何況形跡已露，這件事當真棘手。」張無忌歎然道：「我見周姑娘危急，忍不住出手，終於壞了大事。」楊逍道：「事勢如此，那是誰都忍不住的。教主獨力打敗玄冥二老，大殺敵人威風，那也很好。何況他們知道咱們已到，對宋大俠他們便不敢過份無禮。」張無忌想起宋大伯、俞二伯等身在敵手，趙敏對何太沖、唐文亮等又如此折辱，不由得憂心如焚。三人商談半晌，不得要領，當即分別就寢。

次晨一早，張無忌睡夢中微覺窗上有聲，便即醒轉，一睜開眼，見窗子緩緩打開，有人探進頭來向他凝望。他吃了一驚，揭帳看時，見那人臉上疤痕累累，醜陋可怖，正是那苦頭陀。他一驚更甚，從床中躍起，見苦頭陀仍呆呆望著自己，並無出手相害之意。張無忌叫道：「楊左使！韋蝠王！」楊韋二人在鄰室齊聲相應。

他心中一寬，卻見苦頭陀的臉已從窗邊隱去，忙縱身出窗，見苦頭陀從大門中匆匆出去。這時楊韋二人也已趕到，見此外並無敵人，三人發足向苦頭陀追去。苦頭陀等在街角，見三人走來，便轉身向北，腳步甚大，卻非奔跑。三人打個手勢，跟隨其後。

此時天方黎明，街上行人稀少，不多時便出北門。苦頭陀繼續前行，折向小路，又走了七八里，來到一處亂石岡上，這才停步轉身，向楊逍和韋一笑擺了擺手，要他二人退開，隨即抱拳向張無忌行禮。

張無忌還了一禮，尋思：「這頭陀帶我們來到此處，不知有何用意？這裏四下無人，倘若動武，他以一敵三，顯然十分不利，瞧他情狀，似乎不含敵意。」盤算未定，苦頭陀嗬嗬一聲，雙爪齊到，撲了上來。他左手虎爪，右手龍爪，十指成鉤，攻勢猛惡。

張無忌左掌揮出，化開這一招，說道：「上人意欲如何？請先言明，再動手不遲。」苦頭陀毫不理會，竟似沒聽見他說話一般，只見他左手自虎爪變成鷹爪，右手卻自龍爪變成虎爪，一攻左肩，一取右腹，出手狠辣。張無忌道：「當眞非打不可嗎？」苦頭陀鷹爪變獅掌，虎爪變鶴嘴，一擊一啄，招式又變，三招之間，雙手變了六般姿式。

張無忌不敢怠慢，施展太極拳法，身形猶如行雲流水，便在亂石岡上跟他鬥了起來。但覺這苦頭陀的招數甚是繁複，有時大開大闔，門戶正大，但倏然之間，又變得詭秘古怪，全爲邪派武功，顯是正邪兼修，淵博無比。張無忌只以太極拳跟他拆招。鬥到七八十招時，苦頭陀呼的一拳，中宮直進。張無忌一招「如封似閉」，將他拳力封住，跟著一招「單鞭」，左掌已拍在他背上，這一掌沒發內力，手掌一沾即離。

苦頭陀知他手下留情，向後躍開，斜眼向張無忌望了半晌，突然向楊逍做個手勢，要借他腰間長劍一用。楊逍解下劍絲，連著劍鞘雙手托住，送到苦頭陀面前。張無忌暗暗奇怪：「怎地楊左使將兵刃借了給敵人？」

苦頭陀拔劍出鞘，打個手勢，叫張無忌向韋一笑借劍。張無忌搖搖頭，接過他左手拿著的劍鞘，使招「請手」，便以劍鞘當劍，左手揑了劍訣，劍鞘橫在身前。苦頭陀唰的一劍，斜刺而至。張無忌見過他教導趙敏學劍，知他劍術甚是高明，當即施展這數月中在武當山上精研的太極劍法，凝神接戰。但見對手劍招忽快忽慢，處處暗藏機鋒，張無忌一加拆解，他立即撤回，另使新招，幾乎沒一招是使得到底了的。張無忌心下讚嘆：「若在半年前遇到此人，劍法上我遠不是他敵手。比之那八臂神劍方東白，這苦頭陀又高上一籌了。」

他起了愛才之念，不願在招數上明著取勝。眼見苦頭陀長劍揮舞，使出「亂披風」勢來，白刃映日，有如萬道金蛇亂鑽亂竄，他看得分明，驀地裏倒過劍鞘，嚓的一聲，劍鞘已套上了劍刃，雙手環抱一搭，輕輕扣住苦頭陀雙手手腕，微微一笑，縱身後躍。

這時他手上只須略加使勁，便已將長劍奪過。這一招奪劍之法險是險到了極處，巧也巧到了極處，而他手離劍鞘，便是將劍鞘送還給對方。

他縱身後躍，尚未落地，苦頭陀已拋下長劍，呼的一掌拍到。張無忌聽到風聲，心知這一掌眞力充沛，非同小可，有意試一試他內力，右掌迴轉，硬碰硬的接了他這掌，左足這才著地。霎時之間，苦頭陀掌上眞力源源催至。張無忌運起乾坤大挪移心法中第七層功夫，將他掌力漸漸積蓄，突然間大喝一聲，反震出去，便如一座大湖在山洪爆發時儲滿了洪水，猛地裏湖堤崩決，洪水急衝而出，將苦頭陀送來的掌力盡數倒回。這是將對方十餘掌的力道歸併成爲一掌拍出，世上原無如此大力。苦頭陀倘若受實了，勢須立時腕骨、臂骨、肩骨、肋骨齊斷，連血也噴不出來，當場血肉模糊，死得慘不可言。

此時雙掌相黏，苦頭陀萬難閃避。張無忌左手抓住他胸口往上拋擲，苦頭陀龐大的身軀向空飛起，砰的一聲巨響，亂石橫飛，這一下威力無儔的掌力，盡數打在亂石堆裏。

楊逍和韋一笑在旁看到這等聲勢，齊聲驚呼。他二人只道苦頭陀和教主比拚內力，至少也得一盞茶時分方能分出高下，那料到片刻之間，便到了決生死的關頭。二人心中雖有話說，卻已不及言講，待見苦頭陀平安無恙的落下，手心中都已揑了一把冷汗。

苦頭陀雙足一著地，登時雙手作火燄飛騰之狀，放在胸口，躬身向張無忌拜倒，說道：「屬下光明右使范遙，參見教主。謝教主不殺之恩。屬下無禮冒犯，還請恕罪。」

他十多年來從不開口，說起話來聲調已頗不自然。

張無忌又驚又喜，這啞巴苦頭陀不但開了口，且更是本教的光明右使，這一著大非始料所及，忙伸手扶起，喜容滿面，說道：「原來是本教范右使，當眞教人喜出望外，自家人請勿多禮。」

楊逍和韋一笑跟他到亂石岡來之時，早已料到了三分，只不過范遙的面貌變化實在太大，不敢便即相認，待得見他施展武功，更猜到了七八分，這時聽他自報姓名，兩人搶上前來，緊緊握住了他手。

楊逍向他臉上凝望半晌，潸然淚下，說道：「兄弟，沒想到此生還能再見到你！」范遙抱住楊逍身子，說道：「大哥，你身體好？這麼多年，一點也沒老。」楊逍道：「做哥哥的想得你好苦。」范遙歡然道：「大哥，多謝明尊祐護，賜下教主這等能人，你我兄弟終有重會之日。」楊逍奇道：「兄弟怎地變成這等模樣？」范遙道：「我若非自毀容貌，怎瞞得過混元霹靂手成崑那奸賊？」

三人一聽，才知他是故意毀容，混入敵人身邊臥底。楊逍更是傷感，握著他手，捨不得放開，說道：「兄弟，這可苦了你啦！」楊逍、范遙當年江湖上人稱「逍遙二仙」，都是英俊瀟洒的美男子，范遙竟將自己傷殘得如此醜陋不堪，其苦心孤詣、勇決狠勁，實非常人之所能。韋一笑向來和范遙不睦，但這時也不由得深爲所感，拜了下去，說道：「范右使，韋一笑到今日才眞正服了你！」范遙跪下還拜，笑道：「韋蝠王輕功獨步天下，神妙更勝當年，苦頭陀昨晚大開眼界。」

楊逍四下張望，說道：「此處離城不遠，敵人耳目衆多，咱們到前面山坳中說話。」四人奔出十餘里，到了一個小岡之後。該處一望數里，不愁有人隱伏偷聽，但從遠處卻瞧不見岡後的情景。四人坐地，說起別來情由。

當年陽頂天突然不知所蹤，明教衆高手爲爭教主之位，互不相下，以致四分五裂。范遙勸阻無效，又認定教主並未逝世，於是獨行江湖，尋訪他的下落，忽忽數年，沒發現絲毫蹤跡。後來想到或許是爲丐幫所害，暗中捉了好些丐幫的重要人物拷打逼問，仍查不出半點端倪。其後聽到明教諸人紛爭，鬧得更加厲害，更有人正在到處尋他，要以他爲號召。范遙無意去爭教主，亦不願捲入旋渦，便遠遠躲開，又怕給教中兄弟撞到，於是裝上長鬚，扮作個老年書生，到處漫遊。

有一日他在大都鬧市上見到一人，認得是陽教主夫人的師兄成崑，不禁暗驚。這時武林中早已到處轟傳，不少好手爲人所殺，現場總是留下了「殺人者混元霹靂手成崑也」的字樣。他想查明此事眞相，又想向成崑探詢陽教主的下落，於是遠遠跟著。只見成崑走上一座酒樓，酒樓上有兩個人等著，便是玄冥二老。范遙知成崑武功高強，便遠遠坐著假裝喝酒，隱隱約約只聽到三言兩語，但「須當毀了光明頂」這七個字卻聽得清清楚楚。范遙得知本教有難，不能袖手不理，於是暗中跟隨，見三人走進了汝陽王府中。後來更查到玄冥二老是汝陽王手下武士中的頂尖人物。

汝陽王察罕特穆爾官居太尉，執掌天下兵馬大權，智勇雙全，是朝廷中的第一位能人，江淮義軍起事，均爲他遣兵撲滅。義軍屢起屢敗，皆因察罕特穆爾統兵有方之故。張無忌等久聞其名，這時聽到鹿杖客等是他的手下，雖不驚訝，卻也爲之一怔。

楊逍問道：「那麼那個趙姑娘是誰？」

范遙道：「大哥不妨猜上一猜。」楊逍道：「莫非是察罕特穆爾的女兒？」范遙拍手道：「不錯，一猜便中。這汝陽王有一子一女，兒子叫作庫庫特穆爾，女兒便是這位姑娘了，她的蒙古名叫作甚麼敏敏特穆爾。庫庫特穆爾是汝陽王世子，將來是要襲王爵的。那位姑娘的封號是紹敏郡主。這兩個孩子都生性好武，倒也學了一身好武功。兩人又愛作漢人打扮，說漢人的話，各自取了一個漢名，男的叫作王保保，女的便叫作趙敏。『趙敏』二字，是從她的封號『紹敏郡主』而來。」韋一笑道：「這兄妹二人倒也古怪，一個姓王，一個姓趙，倘若是咱們漢人，那可笑死人了。」范遙道：「其實他們都姓特穆爾，卻把名字放在前面，這是番邦蠻俗。那汝陽王察罕特穆爾也有漢姓的，卻是姓李。」四人一齊大笑。（按：《新元史》第二百二十卷〈察罕帖木兒傳〉：「察罕帖木兒曾祖闊闊台，祖乃蠻台，父阿魯溫，遂家河南，爲穎州沈丘人，改姓李氏。」察罕特穆爾無子，庫庫特穆爾爲其外甥，給他收爲義子而作世子。此等小節，小說中不加細辨。）

楊逍道：「這趙姑娘的容貌模樣，活脫是個漢人美女，可是只須一瞧她行事，那番邦女子的兇蠻野性，立時便顯露了出來。」

張無忌直到此刻，方知趙敏的來歷，雖早料想她必是朝廷貴人，卻沒料到竟是天下兵馬大元帥汝陽王的郡主。和她交手數次，每次多多少少的都落了下風，雖然她武功不及自己，但心思機敏、奇變百出，實不是她敵手。

范遙接著說道：「屬下暗中繼續探聽，得知汝陽王以天下動亂，皆因漢人習武者衆，羣相反叛，決意剿滅江湖上的門派幫會。他採納了成崑的計謀，第一步便想除滅本教。我仔細思量，本教內部紛爭不休，外敵卻如此之強，滅亡的大禍已迫在眉睫，要圖挽救，只有混入王府，查知汝陽王的謀劃，那時再相機解救。除此之外，實在別無良策。只是我好生奇怪，成崑既是陽教主夫人的師兄，又是謝獅王的師父，卻何以如此狠毒的跟本教作對。其中原由，說甚麼也想不出來，料想他必是貪圖富貴，要滅了本教，爲朝廷立功。本教兄弟識得成崑的不多，我以前卻曾和他朝過相，他是認得我的，要使我所圖不致洩露，只有想法子殺了此人。」韋一笑道：「正該如此。」

范遙道：「可是此人實在狡獪，武功又強，我接連暗算了他三次，都沒成功。第三次雖刺中了他一劍，我卻也給他劈了一掌，好容易才得脫逃，不致露了形跡，但已身受重傷，養了年餘才好。這時汝陽王府中圖謀更急，我想倘若喬裝改扮，只能瞞得一時，我當年和楊大哥齊名，江湖上知道『逍遙二仙』的人著實不少，日子久了，必定露出馬腳，於是一咬牙便毀了自己容貌，扮作個帶髮頭陀，更用藥物染了頭髮，投到了西域花剌子模國去。」

韋一笑奇道：「到花剌子模？萬里迢迢的，跟這事又有甚麼相干？」范遙一笑，正待回答，楊逍拍手道：「此計大妙。韋兄，范兄弟到了花剌子模，找個機緣一顯身手，那邊的蒙古王公必定收錄。汝陽王正在招聘四方武士，花剌子模的王公爲討好汝陽王，定然會送他到王府效力。這麼一來，范兄弟成了西域花剌子模國進獻的色目武士，他容貌已變，又不開口說話，成崑便有天大本事，也認他不出了。」

韋一笑長嘆一聲，說道：「陽教主將逍遙二仙排名在四大法王之上，確是目光了得。這等高明計謀，甚麼鷹王、蝠王，都是想不出來的。」范遙道：「韋兄，你讚得我也夠了。果如楊大哥所料，我在花剌子模殺獅斃虎，頗立威名，當地王公便送我到汝陽王府中。但那成崑其時已不在王府，不知去了何方。」

楊逍當下略述成崑何以和明教結仇、如何偷襲光明頂、如何奸謀爲張無忌所破、如何與殷野王比拚掌力而死的經過。

范遙聽罷，呆了半晌，才知中間原來有這許多曲折，站起身來，恭恭敬敬的對張無忌道：「教主，有一件事屬下向你領罪。」張無忌道：「范右使何必過謙。」范遙道：「屬下到了汝陽王府，為了堅王爺之信，在大都鬧市之中，親手格斃了本教三名香主，顯得本人和明教早就結下深仇。」

張無忌默然，心想：「殘殺本教兄弟，乃本教重大禁忌之一，因此楊左使、四法王、五行旗等爭奪教主之位，儘管相鬥甚烈，卻從來不傷本教兄弟的性命。范右使此罪實在不輕，但他主旨是為了護教，非因私仇，按理又不能加罪於他。」說道：「范右使出於護教苦心，雖犯教規，本人不便深責。」范遙躬身道：「謝教主恕罪。」張無忌暗想：「這位范右使行事之辣手，世所罕有。他能在自己臉上砍上十七八刀，那麼殺幾個教中無辜香主，自也不在他意下。明教給人稱作邪教魔教，其來有自，看來須得嚴令再申三大令、五小令，方能改得了這些魔道邪氣。」

范遙見張無忌口中雖說「不便深責」，臉上卻有不豫之色，一伸手，拔出楊逍腰間長劍，右手揮出，在自己左臂上重重刺了一劍，登時鮮血噴流。張無忌大吃一驚，夾手搶過他長劍，說道：「范右使，你……你……這是為何？」范遙道：「殘殺本教無辜兄弟，乃是重罪。范遙大事未了，不能自盡。先刺一劍，日後再斷項上這顆人頭。」

張無忌道：「本人已恕了范右使的過失，何苦再又如此？身當大事之際，唯須從權。范右使，此事不必再提。」忙取出金創藥，爲他敷了傷處，撕下自己衣襟，給他包紮好了，心知此人性烈，別說言語中得罪不得，臉色上也不能使他有半分難堪。他說得出做得到，恐怕日後眞的會自刎謝罪，想到他爲本教受了這等重大磨難，心中大是感動，突然跪倒，說道：「范右使，你有大功於本教，受我一拜。你再傷殘自身，便是說我無德無能，不配當此教主大任，我自當立即辭去教主之位。我年輕識淺，處事多錯，要請你多多原諒。」范遙、楊逍、韋一笑見教主跪倒，忙一起拜伏在地。

楊逍垂淚道：「范兄弟，你休得再是如此。本教興衰全繫教主一人。教主令旨，你可千萬不能違背。」范遙拜道：「屬下今日比劍試掌，對教主已死心塌地的拜服。苦頭陀性情乖張，還請教主原宥。」張無忌雙手扶他起身。此後兩人相互知心，再無隔閡。

范遙當下再陳述投入汝陽王府後所見所聞。

那汝陽王察罕特穆爾實有經國用兵的大才，雖握兵權，朝政卻受奸相把持，加之當今皇帝昏庸無道，更兼連年南北天災，弄得天下大亂，民心沸騰，全仗汝陽王征討攻伐，擊潰義軍無數。可是此滅彼起，歲無寧日，汝陽王忙於調兵遣將，只得將撲滅江湖上教派幫會之事，暫且擱置不理。

數年之後，他一子一女長大，世子庫庫特穆爾隨父帶兵，女兒敏敏特穆爾統率蒙漢西域的武士番僧，向門派幫會大舉進襲。成崑暗中助她策劃，乘著六大派圍攻光明頂之際，由趙敏帶同大批高手，企圖乘機坐收漁人之利，將明教和六大派一鼓剿滅。綠柳山莊中下毒等等情由，便因此而起。當時范遙奉命保護汝陽王，西域之行沒能參與，直到後來方始得知。范遙說道，他雖在汝陽王府中絲毫不露形跡，但因他來自西域，趙敏便不讓他參與西域之役，說不定這也是成崑出的主意。

趙敏以西域番僧所獻的毒藥「十香軟筋散」，暗中下在從光明頂歸來的六大派高手飲食之中。「十香軟筋散」無色無臭，味同清水，混入菜餚之中，絕難分辨得出。這毒藥的藥性一發作，登時全身筋骨酸軟，過得數日後，雖能行動如常，內力卻已半點發揮不出，因此六大派遠征光明頂的衆高手東還之時，一一分別就擒。只是在對少林派空性所率的第三撥人下毒時給撞破了，眞刀眞槍的動起手來。空性為阿三所殺，餘人不敵趙敏手下衆多高手，戰死十多人後，盡數遭擒。

此後趙敏便率人進襲中原六大派的根本之地，第一個便挑中了少林派。少林寺防衛嚴密，要想混入寺中下毒，可大大不易，不比行旅之間，須得在市鎮客店中借宿打尖，下毒輕而易舉。既不能下毒，便即恃衆強攻。

范遙說道：「郡主要對少林寺下手，怕人手不足，又從大都調了一批人去相助，那便由我率領，正好趕上了圍擒少林羣僧之役。少林派向來對本教無禮，讓他們多吃些苦頭，正是人心大快。就算將少林派的臭和尚們一起都殺光了，苦頭陀也不皺一皺眉頭。

教主，你又要不以爲然了，哈哈，對不起！」

楊逍插口道：「兄弟，那些羅漢像轉過了身子，是你做的手腳了？」范遙笑道：「我見郡主叫人在羅漢像背上刻下了那十六個字，意圖嫁禍本教，我後來便又悄悄回去，將羅漢像推轉。大哥，你們倒眞心細，這件事還是叫你們瞧了出來。那時候你可想得到是兄弟麼？」楊逍道：「我們推敲起來，對頭之中，似有一位高手在暗中維護本教，可怎能想得到竟是我的老搭檔好兄弟！」四人盡皆大笑。

楊逍隨即向范遙簡略說明，明教決意和六大派捐棄前嫌，共抗蒙古，因此定須將衆高手救出。

范遙道：「敵衆我寡，單憑我們四人，難以辦成此事，須當尋得十香軟筋散的解藥，給那一干臭和尙、臭尼姑、牛鼻子們服了，待他們回復內力，一鬨衝出，攻韃子們個措手不及，然後一齊逃出大都。」明教向來和少林、武當等名門正派是對頭冤家，他言語中對六大派衆高手毫不客氣。楊逍連使眼色，范遙絕不理會。張無忌對這些小節卻不以爲意，拍手說道：「范右使之言不錯，只不知如何能取得十香軟筋散的解藥？」

范遙道：「我從不開口，因此郡主雖對我頗加禮敬，卻向來不跟我商量甚麼要緊事。只有她一個人自言自語，對方卻默然不答話，豈不掃興？加之我來自西域小國，她亦不能將我當作心腹，因此那十香軟筋散的解藥是甚麼，我卻沒法知道。不過我知此事牽涉重大，暗中早就留上了心。如我所料不錯，那麼這毒藥和解藥是由玄冥二老分掌，一個管毒藥，一個管解藥，且經常輪流掌管。」

楊逍嘆道：「這位郡主娘娘心計之工，尋常鬚眉男子也及她不上。難道她對玄冥二老也不放心麼？」范遙道：「一來是不放心，二來也更加穩當。好比咱們此刻想偷盜解藥，就不知是找鹿杖客好呢，還是找鶴筆翁好。而且，聽說毒藥和解藥的氣味顏色全然無異，只有掌藥之人知曉，旁人去偷解藥，說不定反而偷了毒藥。那十香軟筋散另有一般厲害處，中了此毒後，筋萎骨軟，不用說了，倘若未獲解毒，第二次再服毒藥，就算只一點兒粉末，也立時血逆氣絕，無藥可救。」

韋一笑伸了伸舌頭，說道：「如此說來，解藥是萬萬不能偷錯的。」范遙道：「話雖如此，卻也不打緊。咱們只管把玄冥二老身上的藥都偷了來，找個華山派、崆峒派的小腳色來試一試，那一種藥整死了他，便是毒藥了，這還不方便麼？」

張無忌知他邪性甚重，不把旁人的性命放在心上，只笑了笑，說道：「那可不好。說不定咱們辛辛苦苦偷來的兩種都是毒藥。」

楊逍一拍大腿，說道：「教主此言有理。咱們昨晚這麼一鬧，或許把郡主嚇怕了，竟把解藥收在自己身邊。依我說，咱們須得先行查明解藥由何人掌管，然後再計議行事。」他沉吟片刻，說道：「兄弟，那玄冥二老生平最喜歡的是甚麼調調兒？」

范遙笑道：「鹿好色，鶴好酒，還能有甚麼好東西了？」

楊逍問張無忌道：「教主，可有甚麼藥物，能使人筋骨酸軟，使不出內力，便好似中了十香軟筋散一般？」張無忌想了想，笑道：「要令人全身乏力，昏昏欲睡，內力提不上來，那並不難，只不過用在高手身上，不到半個時辰，藥力便消。要像十香軟筋散那麼厲害，可沒法子。」

楊逍笑道：「有半個時辰，那也夠了。屬下倒有一計在此，只不知是否管用，要請教主斟酌。雖說是計，說穿了不值一笑。范兄弟設法去邀鶴筆翁喝酒，酒中下了教主所調的藥物。范兄弟先鬧將起來，說是中了鶴筆翁的十香軟筋散，那時解藥在何人身上，當可查知，乘機便即奪藥救人。」

張無忌道：「此計是否可行，要瞧那鶴筆翁的性子如何而定，范右使你看怎樣？」

范遙將此事從頭至尾虛擬想像一遍，覺得這條計策雖然簡易，倒也並沒破綻，說道：「我想楊大哥之計可行。鶴筆翁性子狠辣，卻不及鹿杖客陰毒多智，只須解藥在鶴筆翁身上，我武功雖不及他，當能對付得了。」楊逍道：「要是在鹿杖客身上呢？」

范遙皺眉道：「那便棘手得多。」他站起身來，在山岡旁走來走去，隔了良久，雙手一拍，道：「只有這樣，那鹿杖客精明過人，若要相欺，多半會給他識破機關，只有抓住了他虧心之事，硬碰硬的威嚇，他權衡輕重，就此屈從也未可知。當然，這般蠻幹說不定會砸鍋，冒險不小，可是除此之外，似乎別無善策。」

楊逍道：「這老兒有甚麼虧心事？他人老心不老，有甚麼把柄落在兄弟手上麼？」范遙道：「今年春天，汝陽王納妾，邀我們幾個人在花廳便宴。汝陽王誇耀他新妾美貌，命新娘娘出來敬酒。我見鹿杖客一雙賊眼骨溜溜的亂轉，咽了幾口饞涎，委實大爲心動。」韋一笑道：「後來怎樣？」范遙道：「後來也沒怎樣，那是王爺的愛妾，他便有天大膽子，也不敢打甚麼歹主意。」韋一笑道：「眼珠轉幾轉，可不能說是甚麼虧心事啊？」

范遙道：「不是虧心事，可以將他做成虧心事。此事要偏勞韋兄了，你施展輕功，去將汝陽王的愛姬劫來，放在鹿杖客床上。這老兒十之七八，定會按捺不住，就此胡天胡帝一番。就算他眞能臨崖勒馬，我也會闖進房去，教他百口莫辯，水洗不得乾淨，只好乖乖的將解藥雙手奉上。」楊逍和韋一笑同時拍手笑道：「這個栽贓的法兒大是高明。憑他鹿杖客奸似鬼，也要鬧個灰頭土臉。」

張無忌又好氣，又好笑，心想自己所率領的這批邪魔外道，行事之奸詐陰毒，和趙敏手下那批人物並沒甚麼不同，也不見得好了半分，只是一者爲善，一者爲惡，這中間就大有區別，以陰毒的法子去對付陰毒之人，可說是以毒攻毒。他想到這裏，便即釋然，微笑道：「只可惜累了汝陽王的愛姬。」范遙笑道：「我早些闖進房去，不讓鹿杖客當眞佔了便宜，也就是了。」

四人詳細商議，奪得解藥之後，由范遙送入高塔，分給少林、武當各派高手服下。張無忌和韋一笑則在外接應，一見范遙在萬安寺中放起煙火，便即在寺外四處民房放火，羣俠便可乘亂逃出。楊逍事先買定馬匹、備就車輛，候在西門外，羣俠出城後分乘車馬，到昌平會合。張無忌於焚燒民房一節，覺得未免累及無辜。楊逍道：「教主，世事往往難以兩全。咱們救出六大派人衆，日後如能驅走韃子，那是爲天下千萬蒼生造福，今日害得幾百家人家，所損者小，所謀者大，那也說不得了。」

四人計議已定，分頭入城幹事。楊逍去購買坐騎，僱定車輛。張無忌配了一服麻藥，爲了掩飾藥性，另行加上了三味香料，和在酒中之後，入口更加醇美馥郁。韋一笑卻到市上買了個大布袋，只等天黑，便去汝陽王府夜劫王姬。

范遙和玄冥二老等爲了看守六大派高手，都就近住在萬安寺。趙敏則仍住王府，只有晚間要學練武藝，才乘車來寺。范遙拿了麻藥回到萬安寺中，想起三十餘年來明敎四分五裂，今日中興有望，也不枉自己吃了這許多苦頭，甚覺欣慰。張敎主武功旣高，爲人又極仁義，令人好生心服，只是不夠心狠手辣，有些婆婆媽媽之氣，未免美中不足。

他住在西廂，玄冥二老則住在後院的寶相精舍。他平時忌憚二人了得，生恐露出馬腳，極少和他二人交接，因此雙方居室也離得遠遠地，這時想邀鶴筆翁飲酒，如何不著形跡，倒非易事。

眼望後院，只見夕陽西斜，那十三級寶塔下半截已照不到太陽，塔頂琉璃瓦上的日光也漸漸淡了下去，他一時不得主意，負著雙手，慢慢踱步到後院中去。突然之間，一股肉香從寶相精舍對面的廂房中透出，那是神箭八雄中孫三毀和李四摧二人所住。

范遙心念一動，走到廂房之前，伸手推開房門，肉香撲鼻衝至。只見李四摧蹲在地下，對著一個紅泥火爐不住搧火，火爐上放著一隻大瓦罐，炭火燒得正旺，肉香陣陣從瓦罐中噴出。孫三毀則在擺設碗筷，顯然哥兒倆要大快朵頤。

兩人見苦頭陀推門進來，微微一怔，見他神色木然，不禁暗暗叫苦。兩人適才在街上打了一頭大黃狗，悄悄在房中烹煮。萬安寺是和尚廟，在廟中烹狗而食，委實不妙，旁人見到也還罷了，這苦頭陀是佛門子弟，莫要惹得他生起氣來，打上一頓。苦頭陀武功甚高，哥兒倆萬萬不是對手，何況是自己做錯了事，給他打了也是活該。心下正自惴惴，只見他走到火爐邊，揭開罐蓋，瞧了一瞧，深深吸一口氣，似乎說：「好香，好香！」突然間伸手入罐，也不理湯水煮得正滾，撈起一塊狗肉，張口便咬，大嚼起來，片刻間將一塊狗肉吃得乾乾淨淨，舐唇嗒舌，似覺美味無窮。孫李二人大喜，忙道：「苦大師請坐，請坐！難得你老人家愛吃狗肉。」

苦頭陀卻不就坐，又從瓦罐中抓起一塊狗肉，蹲在火爐邊便大嚼起來，孫三毀要討好他，篩了一碗酒送到他面前。苦頭陀端起酒碗，喝了一口，突然都吐在地下，左手在自己鼻子下搧了幾下，意思說此酒太劣，難以入口，大踏步走出房去。

孫李二人見他氣憤憤的出去，又躭心起來，但不久便見他手中提了一個大酒葫蘆進來，登時大喜，說道：「對！對！我們的酒原非上品，苦大師既有美酒，當眞再好不過了。」兩人端櫈擺碗，恭請苦頭陀坐在上首，將狗肉滿滿的盛了一盤，放在他面前。苦頭陀武功極高，在趙敏手下乃第一流人物，平時神箭八雄萬萬巴結不上，今日能請他吃一頓狗肉，討得他老人家歡喜，必定只有好處，絕無虧損。

苦頭陀拔開葫蘆上的木塞，倒了三碗酒。那酒色作金黃，稠稠的猶如稀蜜一般，一倒出來便清香撲鼻。孫李二人齊聲喝采：「好酒，好酒！」

范遙尋思：「不知玄冥二老在不在家，倘若外出未歸，這番做作可都白耗了。」他拿起酒碗，放在火爐上的小罐中燙熱，其時狗肉煮得正滾，熱氣一逼，酒香更加濃了。孫李二人饞涎欲滴，端起冷酒待喝，苦頭陀打手勢阻止，命二人燙熱了再飲。三人輪流燙酒，那酒香直送出去，鶴筆翁不在廟中便罷，否則便隔著數進院子也會聞香趕到。

果然對面寶相精舍板門呀的一聲打開，只聽鶴筆翁叫道：「好酒，好酒，嘿嘿！」他老實不客氣，跨過天井，推門便進，見苦頭陀和孫李二人圍著火爐飲酒吃肉，興會淋漓。鶴筆翁一怔，笑道：「苦大師，你也愛這個調調兒啊，想不到咱們倒是同道中人。」

孫李二人忙站起身來，說道：「鶴公公，快請喝幾碗，這是苦大師的美酒，等閒難以喝到。」鶴筆翁坐在苦頭陀對面，兩人喧賓奪主，大吃大喝起來，孫李二人倒成了端肉斟酒的廝役一般。

四人興高采烈的吃了半晌，都已有了六七分酒意。范遙心想：「可以下手了。」自己滿滿斟了一碗酒後，順手將葫蘆橫放了。原來他挖空了酒葫蘆的木塞，將張無忌所配的藥粉藏入其中，木塞外包了兩層布。葫蘆直置，藥粉不致落下，四人喝的都是尋常美酒，葫蘆一打橫，酒水透過布層，浸潤藥末，一葫蘆的酒都成了毒酒。葫蘆之底本圓，橫放直置，誰也不會留意，何況四人已飲了好半天，醺醺微醉，只感十分舒暢。

范遙見鶴筆翁將面前的一碗酒喝乾了，便拔下木塞，將酒葫蘆遞了給他。鶴筆翁自己斟了一碗，順手爲孫李兩人都加滿了，見苦頭陀碗中酒滿將溢，便沒給他斟。四個人舉碗齊口，骨嘟骨嘟的都喝了下去。

除范遙外，三人喝的都是毒酒。孫李二人內力不深，毒酒一入肚，片刻間便覺手酸腳軟，混身不得勁兒。孫三毀低聲道：「四弟，我肚中有點不對。」李四摧也道：「我……我……像是中了毒。」此時鶴筆翁也覺到了，一運氣，內息竟提不上來，不禁臉色大變。范遙站起身來，滿臉怒氣，一把抓住鶴筆翁胸口，嗬嗬而呼，只說不出話。孫三毀驚道：「苦大師，怎麼啦？」范遙手指蘸了點酒，在桌上寫了「十香軟筋散」五字。

孫李二人均知十香軟筋散是由玄冥二老掌管，眼前情形，確是苦頭陀和哥兒倆都中了此藥之毒。兩人相互使個眼色，躬身向鶴筆翁道：「鶴公公，我兄弟可沒敢冒犯你老人家，請你老人家高抬貴手。」他二人料定鶴筆翁所要對付的只是苦頭陀，他們二人只不過適逢其會、遭受池魚之殃而已，鶴筆翁眞要對付他二人，也不必用甚麼毒藥。

鶴筆翁詫異萬分，十香軟筋散這個月由自己掌管，明明是藏在左手所使的一枝鶴嘴筆中，這兩件兵刃，從不離身一步，要說有人從自己身邊偷了毒藥出去，那決計不能，但稍一運氣，半點使不出力道，確是中了十香軟筋散之毒無疑。其實張無忌所調製的麻藥雖藥力頗強，比之十香軟筋散卻大有不如，服食後所覺異狀也全不相同，但鶴筆翁平素只聽慣了十香軟筋散令人眞力渙散的話，到底不曾親自服過，因此兩種藥物雖差異甚大，他終究無法辨別。眼見苦頭陀身搖手顫，又慌張，又惱怒，孫李二人更在旁不住口的哀告，那裏還有半點疑惑，說道：「苦大師不須惱怒，咱們是相好兄弟，在下決無加害之意。我也中了此毒，渾身不得勁兒，只不知是何人暗中搗鬼，當眞奇了。」

范遙又蘸酒水，在桌上寫了「快取解藥」四字。鶴筆翁點點頭，道：「不錯。咱們先服解藥，再去跟那暗中搗鬼的奸賊算帳。解藥在鹿師哥身邊，苦大師請和我同去。」

范遙心下暗喜，想不到楊逍這計策當眞管用，輕輕易易的便將解藥所在探了出來。

他伸左手握住鶴筆翁的右腕，故意裝得腳步蹣跚，跨過院子，一齊走向寶相精舍。孫李二人相扶著跟隨在後。鶴筆翁見了苦頭陀這等支持不住的神態，心中一喜：「這苦頭陀武功的底子是極高的，只一直沒機會跟我師兄弟倆較量個高下，瞧他中毒後這等慌亂失措，只怕內力遠不如我們。」

兩人走到精舍門前，靠南一間廂房是鶴筆翁所住，鹿杖客則住在靠北的廂房中，只見北廂房房門牢牢緊閉。鶴筆翁叫道：「師哥在家嗎？」只聽得鹿杖客在房內應了一聲。鶴筆翁伸手推門，那門卻在裏邊閂著。他叫道：「師哥，快開門，有要緊事！」鹿杖客道：「甚麼要緊事？我正在練功，你別來打擾成不成？」

鶴筆翁的武功和鹿杖客出自一師所授，原不分軒輊，但鹿杖客一來是師兄居長，二來智謀遠勝，因此鶴筆翁對他向來尊敬，聽他口氣中頗有不悅之意，便不敢再叫。

范遙心想這當口不能多所躭擱，如痲藥的藥力消了，把戲立時拆穿，當下不理三七二十一，右肩在門上一撞，門閂斷折，板門飛開，只聽得一個女子聲音尖聲叫了出來。

鹿杖客站在床前，聽得破門之聲，當即回頭，一臉孔驚惶和尷尬之色。范遙見床上橫臥著一個女子，全身裹在一張薄被之中，只露出了個頭，薄被外有繩索綁著，猶如一個鋪蓋捲兒。那女子一頭長髮披在被外，皮膚白膩，容貌艷麗，認得正是汝陽王新納的愛姬韓氏，暗道：「韋蝠王果然好本事，孤身出入王府，將韓姬手到擒來。」

實則汝陽王府雖警衛森嚴，但衆武士所護衛的也只王爺、世子和郡主三人，汝陽王姬妾甚衆，誰也沒想到有人會去綁架他的姬人，何況韋一笑來去如電，機警靈變，一進府便神不知鬼不覺的將韓姬架了來。倒是如何放在鹿杖客房中，反而爲難得多，他候了半日，好容易等到鹿杖客出房如廁，這才閃身入房，將韓姬放在他床上，隨即悄然遠去。

鹿杖客回到房中，見有個女子橫臥在床，立即縱身上屋，四下察看，其時韋一笑早去得遠了，除了孫李二人房中傳出陣陣轟飲之聲，更無他異。鹿杖客情知此事古怪，不動聲色的回房，看那女子時，更是目瞪口呆。那日王爺納姬，設便宴款待數名有體面的高手，那韓姬敬酒時盈盈一笑，鹿杖客年事雖高，竟也不禁色授魂與。他好色貪淫，一生所摧殘的良家婦女不計其數，那日見了韓姬的美色，歸來後深自歎息，如何不早日見此麗人，若在王爺迎娶之前落入他眼中，自逃不過他手掌心，後來想念了幾次，不久另有新歡，也便淡忘了。不意此刻這韓姬竟會從天而降，在他床上出現。

他驚喜交集，略一思索，便猜想定是他大弟子烏旺阿普猜到了爲師心意，偷偷去將韓姬劫了出來。只見她裹在一張薄被之中，頭頸中肌膚勝雪，隱約可見赤裸的肩膀，似乎身上未穿衣服，他怦然心動，悄聲問她如何來此。連問數聲，韓姬始終不答。鹿杖客這才想到她已遭人點了穴道，正要伸手去解穴，突然鶴筆翁等到了門外，跟著房門又爲苦頭陀撞開。

這一下變生不意，鹿杖客自狼狽萬分，要待遮掩，已然不及。他心念一轉，料定是王爺發覺愛姬被劫，派苦頭陀來捉拿自己，事已至此，只有走爲上著，右手抽了鹿角杖在手，左臂已抱起韓姬，便要破窗而出。

鶴筆翁驚道：「師哥，快取解藥來。」鹿杖客道：「甚麼？」鶴筆翁道：「小弟和苦大師，不知如何竟中了十香軟筋散之毒。」鹿杖客道：「你說甚麼？」鶴筆翁又說了一遍。鹿杖客奇道：「十香軟筋散不是歸你掌管麼？」鶴筆翁道：「小弟也莫名其妙，我們四個人好端端的喝酒吃肉，突然之間，一齊都中了毒。鹿師哥，快取解藥給我們服下要緊。」

鹿杖客聽到這裏，驚魂始定，將韓姬放回床中。鶴筆翁素知這位師兄風流成性，在他房中出現女子，那是司空見慣，絲毫不以爲奇，何況鶴筆翁中毒之後驚惶詫異，全沒留神去瞧那女子是誰。即在平時，他也認不出來。那日在王爺筵席之上，韓姬出來敬酒，一拜即退，鶴筆翁全神貫注的只是喝酒，那去管她這個珠環翠繞的女子是美是醜？

鹿杖客道：「苦大師請到鶴兄弟房中稍息，在下即取解藥過來。」一面說，一面便伸手將兩人輕輕推出房去。這一推之下，鶴筆翁身子一晃，險些摔倒。范遙也是一個踉蹌，裝作內力全失模樣，可是他內力深厚，受到外力時自然而然的生出反應抗禦。鹿杖客一推之下，立時發覺師弟確實內力已失，苦頭陀卻是假裝。他深恐有誤，再用力一推，鶴筆翁和苦頭陀又都向外一跌，但同是一跌，一個下盤虛浮，另一個卻既穩且實。

鹿杖客不動聲色，笑道：「苦大師，當眞得罪了。」說著便伸手去扶，著手之處，卻是苦頭陀手腕的「會宗」和「外關」兩穴。范遙見他如此出手，已知機關敗露，左手一揮，登時使重手法打中了鶴筆翁後心的「魂門穴」，使他一時三刻之間，全身軟癱，動彈不得。兩大高手中去了一個，單打獨鬥，他便不懼鹿杖客一人，當即嘿嘿冷笑，說道：「你要命不要，連王爺的愛姬也敢偷？」

他這一開口說話，玄冥二老登時驚得呆了。他們和苦頭陀相識已有十五六年，從未聽他說過一言半語，只道他是天生啞巴。鹿杖客雖已知他不懷好意，卻也絕未想到此人居然能夠說話，立時想到，他既如此處心積慮的作僞，則自己處境之險，更無可疑，說道：「原來苦大師並非眞啞，十餘年來苦心相瞞，意欲何爲？」

范遙道：「王爺知你心謀不軌，命我裝作啞巴，就近監視察看。」這句話中其實破綻甚多，但此時韓姬在床，鹿杖客心懷鬼胎，不由得不信，兼之汝陽王對臣下善弄手腕，他也知之甚稔。范遙此言一出，鹿杖客登時軟了，說道：「王爺命你來拿我麼？嘿嘿，諒你苦大師武藝雖高，未必能叫我鹿杖客束手就擒。」說著一擺鹿杖，便待動手。

范遙笑了笑，說道：「鹿先生，苦頭陀的武功就算及不上你，也差不了太多。你要打敗我，只怕不是一兩百招之內能夠辦到。你勝我三招兩式不難，但想既挾韓姬，又救師弟，你鹿杖客未必有這能耐。」鹿杖客向師弟瞥了一眼，心知苦頭陀之言並非虛語。他師兄弟二人自幼同門學藝，從壯到老，數十年來沒分離過一天。兩人都無妻子兒女，可說是相依爲命，要他撇下師弟，孤身逃走，終究硬不起這心腸。

范遙見他意動，喝命孫李二人進房，再將鶴筆翁提入房中，關上房門，說道：「鹿先生，此事尚未揭破，大可著落在苦頭陀身上，給你遮掩過去。」鹿杖客奇道：「如何遮掩得了？」范遙頭也不回，反手便點了孫李二人的啞穴和軟痲穴，手法之快、認穴之準，鹿杖客也暗自嘆服。只聽苦頭陀道：「你自己是不會宣揚的了，令師弟想來也不致故意跟你爲難，苦頭陀是啞巴，以後仍是啞巴，不會說話。這兩位兄弟呢，苦頭陀給你點上他們死穴滅口，也不打緊。」孫李二人大驚失色，心想此事跟自己半點也不相干，那想到吃狗肉竟吃出這等飛來橫禍，要想出言哀求，卻苦於開不得口。

范遙指著韓姬道：「至於這位姬人呢，老衲倒有兩個法兒。第一個法子乾手淨腳，將她和這兩人一併帶到冷僻之處，一刀殺了，報知王爺，說她和李四摧這小白臉戀奸情熱，私奔出走，給苦頭陀見到，惱怒之下，將奸夫淫婦當場殺卻，還饒上孫三毀一條性命。第二個法子是由你將她帶走，好好隱藏，以後是否洩漏機密，瞧你自己本事。」

鹿杖客不禁轉頭，向韓姬瞧了一眼，只見她眼光中滿是求懇之意，顯是要他接納第二個法兒。鹿杖客見到她這等天生麗質，倘若一刀殺了，當眞可惜之至，不由得心中大動，說道：「多謝你爲我設身處地，想得這般周到。你卻要我爲你幹甚麼事？」他明知苦頭陀必有所求，否則決不能如此善罷。

范遙道：「此事容易之至。峨嵋派掌門滅絕師太跟我交情很深，那個姓周的年輕姑娘，是我跟老尼姑生的私生女兒。求你賜予解藥，並放了這兩人出去。郡主面前，由老衲一力承當。倘若牽連於你，教苦頭陀和滅絕老尼一家男盜女娼，死於非命，永世不得超生。」他想鹿杖客生性風流，若從男女之事上借個因頭，易於取信。他聽楊逍說起明教許多兄弟喪命於滅絕師太劍下，因此揑造一段和尚尼姑的謊話。他一生邪僻，說話行事，決不依正人君子的常道，至於罰下「男盜女娼」的重誓云云，更不在意下。自己是「盜」，有甚干係？說滅絕老尼是「娼」，更加人心大快。

鹿杖客聽了一怔，隨即微笑，心想你這頭陀幹這等事來脅迫於我，原來是爲了救你的老情人和親生女兒，那倒也是人情之常，此事雖擔些風險，但換到一個絕色佳人，確也值得。他見苦頭陀有求於己，心中登時寬了，笑道：「那麼將王爺的愛姬劫到此處，也是出於苦大師的手筆了？」范遙道：「這等大事，豈能空手相求？自當有所報答。」

鹿杖客大喜，只深恐室外有人，不敢縱聲大笑，突然間一轉念，又問：「然則我師弟何以會中十香軟筋散之毒？這毒藥你從何處得來？」范遙道：「那還不容易？這毒藥由令師弟看管，他好酒貪杯，飲到興高采烈之時，苦頭陀難道會偷他不到手麼？」

鹿杖客再無疑惑，說道：「好！苦大師，兄弟結交了你這朋友，我決不賣你，盼你別再令我上這種惡當。」范遙指著韓姬笑道：「下次如再有這般香艷的惡當，請鹿先生也安排個圈套，給苦頭陀鑽鑽，老衲欣然領受。」

兩人相對一笑，心中卻各自打著主意。鹿杖客在暗暗盤算，眼前難關過去之後，如何出其不意的弄死這個惡頭陀。范遙心知鹿杖客雖暫受自己脅迫，但玄冥二老是何等身分，吃了這個大虧豈肯就此罷休，只要他一安頓好韓姬，解開鶴筆翁的穴道，立時便會找自己動手，但那時六派高手已經救出，自己早拍拍屁股走路了。

范遙見鹿杖客遲遲不取解藥，心想我若催促，他反會刁難，便坐了下來，笑道：「鹿兄何不解開韓姬的穴道，大家一起來喝幾杯？燈下看美人，這等艷福幾生才修得到啊！」

鹿杖客情知萬安寺中人來人往，韓姬在此多躭一刻，便多一分危險，當下取過鹿角杖，旋下了其中一根鹿角，取過一隻杯子，在杯中倒了些粉末，說道：「苦大師，你神機妙算，兄弟甘拜下風，解藥在此，便請取去。」范遙搖頭道：「這麼一點兒藥末，管得甚麼用？」鹿杖客道：「別說要救兩人，便六七個人也足夠了。」范遙道：「你便多賜一些又何妨？老實說，閣下足智多謀，苦頭陀深怕上了你當。」鹿杖客見他多要解藥，突然起疑，說道：「苦大師，你要相救的，莫非不只是滅絕師太和令愛兩人？」

范遙正要飾詞解說，忽聽得院子中腳步聲響，七八人奔了進來，只聽一人說道：

「腳印到了此處，難道韓姬竟到了萬安寺中？」鹿杖客臉上變色，抓起盛著解藥的杯子，揣在懷裏，只道苦頭陀在外伏下人手，一等取到解藥，便即出賣自己。

范遙搖了搖手，叫他且莫驚慌，取過一條被單，罩在韓姬身上，連頭蒙住，又放下帳子。只聽得院子中一人說道：「鹿先生在家麼？」范遙指指自己嘴巴，意思說自己是啞子，叫鹿杖客出聲答應。鹿杖客朗聲道：「甚麼事？」那人道：「王府有位姬人給歹徒劫了，瞧歹徒的足印，是到萬安寺來的。」

鹿杖客向范遙怒視一眼，意思是說：若非你故意栽贓，依你身手，豈能留下足跡？范遙咧嘴一笑，做個手勢，叫他打發那人，心中卻想：「韋蝠王栽贓栽得十分到家，把足印從王府引到了這裏。」

鹿杖客冷笑道：「你們還不分頭去找，在這裏嚷嚷的幹甚麼？」以他武功地位，人人對之極是忌憚，那人唯唯答應，不敢再說甚麼，立時分派人手，在附近搜查。鹿杖客知道這一來，萬安寺四下都有人嚴加追索，雖料想他們還不敢查到自己房裏來，但要帶韓姬出去藏在別處卻難以辦到了，不由得皺起眉頭，狠狠瞪著苦頭陀。

范遙心念一動，低聲道：「鹿兄，萬安寺中有個好去處，大可暫且收藏你這位愛寵，過得一天半日，外面查得鬆了，再帶出去不遲。」鹿杖客怒道：「除非藏在你房裏。」范遙笑道：「這等美人藏在我房中，老頭陀未必不動心，鹿兄不喝醋麼？」鹿杖客問道：「那麼你說是甚麼地方？」范遙一指窗外的塔尖，微微一笑。

鹿杖客聰明機警，一點便透，大姆指一翹，說道：「好主意！」那寶塔是監禁六大派高手的所在，看守的總管便是鹿杖客的大弟子烏旺阿普。旁人甚麼地方都可疑心，決不會疑心王爺愛姬竟會給劫到最是戒備森嚴的重獄之中。范遙低聲道：「此刻院子中沒人，事不宜遲，立即動身。」將床上被單四角提起，便將韓姬裹在其中，成爲一個大包袱，右手提著，交給鹿杖客。

鹿杖客心想你別要又讓我上當，我背負韓姬出去，你聲張起來，那時人贓並獲，還有甚麼可說的，不禁臉色微變，竟不伸手去接。范遙知他心意，說道：「爲人爲到底，送佛送到西，苦頭陀再爲你做一次護花使者，又有何妨？誰叫我有事求你呢？」說著負起包袱，推門而出，低聲道：「你先走把風，有人阻攔查問，殺了便是。」

鹿杖客斜身閃出，卻不將背脊對正范遙，生怕他在後偷襲。范遙反手掩上了門，負了韓姬，走向寶塔。此時已是戌末，除了塔外的守衛武士，再沒旁人走動。衆武士見到鹿杖客和苦頭陀，一齊躬身行禮，恭恭敬敬的站在一旁。兩人未到塔前，烏旺阿普得手下報知，已迎了出來，說道：「師父，你老人家今日興致好，到塔上坐坐麼？」鹿杖客點了點頭，和范遙正要邁步進塔，忽然寶塔東首月洞門中走出一人，卻是趙敏。

鹿杖客作賊心虛，大吃一驚，只道趙敏親自率人前來拿他，只得硬著頭皮，與苦頭陀、烏旺阿普一同上前參見。

昨晚張無忌這麼一鬧，趙敏卻不知明教只來了三人，只怕他們大舉來襲，因此要親自到塔上巡視，見到范遙在此，微微一笑，說道：「苦大師，我正在找你。」范遙點了點頭，不動聲色。趙敏道：「待會請你陪我到一個地方去一下。」

范遙暗暗叫苦：「好容易將鹿杖客騙進了高塔，只待下手奪到他的解藥，便大功告成，那知這小丫頭卻在這時候來叫我。」要想找甚麼藉口不去，倉卒之間苦無善策，何況他是假啞巴，想要推托，卻又無法說話，情急智生，心想：「且由鹿杖客去想法子。」指著手中包袱，向鹿杖客晃了晃。鹿杖客大吃一驚，肚裏暗罵苦頭陀害人不淺。

趙敏道：「鹿先生，苦大師這包裹裏裝著甚麼？」鹿杖客道：「嗯，嗯，是苦大師的鋪蓋。」趙敏奇道：「鋪蓋？苦大師揹著鋪蓋幹甚麼？」她噗哧一笑，說道：「苦大師嫌我太蠢，不肯收這個弟子，自己捲鋪蓋不幹了麼？」范遙搖了搖頭，右手伸起來亂打了幾個手勢，心想：「一切由鹿杖客去想法子撒謊，我做啞巴自有做啞巴的好處。」趙敏看不懂他手勢，只有眼望鹿杖客，等他解說。

鹿杖客靈機一動，已有了主意，說道：「是這樣的，昨晚魔教的幾個魔頭來混鬧，屬下生怕他們其志不小……這個……這個……說不定要到高塔中來救人。因此屬下師兄弟和苦大師決定住到高塔中來，親自把守，以免誤了郡主的大事。這鋪蓋是苦大師的棉被。」趙敏大悅，笑道：「我原想請鹿先生和鶴先生來親自鎮守，只覺得過於勞動大駕，不好意思出口。難得三位肯分我之憂，那再好沒有了。有鹿鶴兩位在這裏把守，諒那些魔頭也討不了好去，我也不必上塔去瞧了。苦大師你這就跟我去罷。」說著伸手握住了范遙手掌。

范遙無可奈何，心想此刻若揭破鹿杖客的瘡疤，一來於事無補，二來韓姬明明負在自己背上，未必能使趙敏相信，只得將那個大包袱交了給鹿杖客。鹿杖客伸手接過，道：「苦大師，我在塔上等你。」烏旺阿普道：「師父，讓弟子來拿鋪蓋罷。」鹿杖客笑道：「不用！是苦大師的東西，爲師的要討好他，親自給他揹鋪蓋捲兒。」

范遙咧嘴一笑，伸手在包袱外一拍，正好打在韓姬屁股上。好在她已給點了穴道，這一聲驚呼沒能叫出聲來。但鹿杖客已嚇得臉如土色，不敢再多逗留，向趙敏一躬身，便即負了韓姬入塔。他心中早打定主意，一進塔，立時便將一條眞的棉被換入包袱之中，如苦頭陀開口向趙敏告密，他便來個死不認帳。

這時煙火瀰漫，已燒近衆高手身邊，若再不跳下，勢必盡數葬身火窟。俞蓮舟心想與其給活活燒死，還不如活活摔死，縱身躍起，從高塔上跳落。

二十七　百尺高塔任回翔

范遙給趙敏牽著手，一直走出萬安寺，心中焦急奇怪，又無法可施，不知她要帶自己到那裏去。趙敏拉上斗蓬上的風帽，罩住一頭秀髮，悄聲道：「苦大師，咱們瞧瞧張無忌那小子去。」

范遙又是一驚，斜眼看她，只見她眼波流轉，粉頰暈紅，卻是七分嬌羞，三分喜悅，決不是識穿了他機關的模樣。他登即安心，回思她昨晚在萬安寺中和教主相見的情狀，那裏是兩個生死冤家的樣子；一想到「冤家」兩字，突然心動：「冤家？莫非郡主對我教主暗中已生情意？」轉念再想：「她爲甚麼要我跟去，卻不叫她更親信的玄冥二老？是了，只因我是啞巴，不會洩漏她祕密。」便點了點頭，古古怪怪的一笑。

趙敏嗔道：「你笑甚麼？」范遙心想這玩笑可不能開，指手劃腳的做了幾個手勢，意思說苦頭陀自當盡力維護郡主周全，便龍潭虎穴，也和郡主同去一闖。

趙敏不再多說，當先引路，不久便到了張無忌留宿的客店門外。范遙暗暗驚訝：「郡主也眞神通廣大，這麼快便查到了教主駐足的所在。」隨著她走進客店。

趙敏向掌櫃的道：「咱們找姓曾的客官。」原來張無忌住店之時，又用了「曾阿牛」的假名。店小二進去通報。張無忌正在打坐養神，只待萬安寺中煙花騰起，便去接應，忽聽有人來訪，甚覺奇怪，迎到客堂，見訪客竟是趙敏和范遙，暗叫：「不好，定是趙姑娘揭破了范右使的身分，爲此來跟我理論。」只得上前一揖，說道：「不知趙姑娘光臨，有失迎迓。」趙敏道：「此處非說話之所，咱們到那邊的小酒家去小酌三杯如何？」張無忌只得道：「甚好。」

趙敏仍當先引路，來到離客店五間舖面的一家小酒家。內堂疏疏擺著幾張板桌，桌上插著一筒筒木筷。天時已晚，店中一個客人也無。

趙敏和張無忌相對而坐。范遙打手勢說自己到外堂喝酒。趙敏點了點頭，叫店小二拿一隻火鍋，切三斤生羊肉，打兩斤白酒。張無忌滿腹疑團，心想她是郡主之尊，卻和自己到這家污穢的小酒家來吃涮羊肉，不知安排著甚麼詭計。

趙敏斟了兩杯酒，拿過張無忌的酒杯，喝了一口，笑道：「這酒裏沒安毒藥，你儘管放心飲用便是。」張無忌道：「姑娘召我來此，不知有何見教？」趙敏道：「喝酒三杯，再說正事。我先乾爲敬。」說著舉杯一飮而盡。

張無忌拿起酒杯，火鍋的炭火光下見杯邊留著淡淡的胭脂唇印，鼻中聞到一陣清幽的香氣，也不知這香氣是從杯上的唇印而來，還是從她身上而來，心中一蕩，便把酒喝了。趙敏道：「再喝兩杯。我知你對我終不放心，每一杯我都先嚐一口。」

張無忌知她詭計多端，確然事事提防，難得她肯先行嚐酒，免了自己多冒一層危險，可是接連喝了三杯她飮過的殘酒，心神不禁有些異樣，抬起頭來，只見她淺笑盈盈，酒氣將她粉頰一蒸，更加嬌艷萬狀。張無忌那敢多看，忙將頭轉開。

趙敏低聲道：「張公子，你可知我是誰？」張無忌搖了搖頭。趙敏道：「我今日跟你說了，我爹爹便是當朝執掌兵馬大權的汝陽王。我是蒙古女子，眞名字叫作敏敏特穆爾。皇上封我爲紹敏郡主。『趙敏』兩字，是我自己取的漢名。」若不是范遙早晨已經說過，張無忌此刻原不免大吃一驚，但聽她居然將自己身分毫不隱瞞的相告，也頗出意料之外，只是他不善作僞，並不假裝大爲驚訝。

趙敏奇道：「怎麼？你早知道了？」張無忌心想此事牽涉到范遙，只得否認，說道：「不，我怎會知道？不過我見你以一個年輕姑娘，卻能號令這許多武林高手，身分自必非同尋常。」

趙敏撫弄酒杯，半晌不語，提起酒壺又斟了兩杯酒，緩緩說道：「張公子，我問你一句話，請你從實告我。要是我將你那位周姑娘殺了，你待怎樣？」

張無忌一驚，道：「周姑娘又沒得罪你，好端端的幹麼殺她？」趙敏道：「有些人我不喜歡，便即殺了，難道定要得罪了我才殺？有些人不斷得罪我，我卻偏偏不殺，比如是你，得罪我還不夠多麼？」說到這裏，眼光中孕著的全是笑意。

張無忌嘆了口氣，說道：「趙姑娘，我得罪你，實迫於無奈。不過你贈藥救了我的三師伯、六師叔，我總是很感激你。」趙敏笑道：「你這人當眞有三分傻氣。俞岱巖和殷梨亭之傷，都是我部屬下的手，你不怪我，反來謝我？」張無忌微笑道：「我三師伯受傷已二十多年，那時候你還沒出世呢。」趙敏道：「這些人是我爹爹的部屬，也就是我的部屬，那有甚麼分別？你別將話岔開去，我問你：要是我殺了你的周姑娘，你對我怎樣？是不是要殺了我替她報仇？」

張無忌沉吟半晌，說道：「我不知道。」

趙敏道：「怎會不知道？你不肯說，是不是？」

張無忌道：「我爹爹媽媽是給人逼死的。逼死我父母的，是少林派、華山派、崆峒派那些人。我後來年紀大了，事理明白得多了，卻越來越不懂：到底是誰害死了我的爹爹媽媽？不該說是空智大師、鐵琴先生這些人；也不該說是我的外公、舅父；甚至於，也不該是你手下的那阿二、阿三、玄冥二老之類人物。這中間陰錯陽差，有許許多多我想不明白的道理。就算那些人眞是兇手，我將他們一一殺了，又有甚麼用？我爹爹媽媽總活不轉來了。趙姑娘，我這幾天心裏只是想，倘若大家不殺人，和和氣氣、開開心心的都做朋友，豈不是好？我爹娘死了，我傷心得很。我不想報仇殺人，也盼別人不要殺人害人。」這一番話，他在心頭已想了很久，可是沒對楊逍說，沒對張三丰說，也沒對殷梨亭說，突然在這小酒家中對趙敏說了出來，這番言語一出口，自己也有些奇怪。

趙敏聽他說得誠懇，想了一想，道：「那是你心地仁厚，倘若是我，那可辦不到。要是誰害死了我的爹爹哥哥，我不但殺他滿門，連他親戚朋友，凡是他所相識的人，我個個要殺得乾乾淨淨。」張無忌道：「那我定要阻攔你。」

趙敏道：「爲甚麼？你幫助我的仇人麼？」張無忌道：「你殺一個人，自己便多一分罪業。給你殺了的人，死後甚麼都不知道，倒也罷了，可是他的父母子女、兄弟妻子可有多傷心難受？你自己日後想起來，良心定會不安。我義父殺了不少人，我知道他嘴裏雖不說，心中卻非常懊悔。」趙敏不語，心中默默想著他的話。

張無忌問道：「你殺過人沒有？」趙敏笑道：「現下還沒有，將來我年紀大了，要殺很多人。我的祖先是成吉思汗大帝，是拖雷、拔都、旭烈兀、忽必烈這些大英雄。我只恨自己是女子，若是男人啊，嘿嘿，可眞要轟轟烈烈的幹一番大事業呢。」她斟一杯酒，自己喝了，說道：「你還是沒回答我的話。」

張無忌道：「你要是殺了周姑娘，殺了我手下任何一個親近的兄弟，我便不再當你是朋友，我永遠不跟你見面，便見了面也永不說話。」趙敏笑道：「那你現下當我是朋友麼？」張無忌道：「假如我心中恨你，也不跟你在一塊兒喝酒了。唉！我只覺得要眞正恨一個人挺難。我生平最恨的是那個混元霹靂手成崑，可是他現下死了，我又有些可憐他，似乎倒盼望他別死似的。」

趙敏道：「要是我明天死了，你心裏怎樣想？你心中一定說：謝天謝地，我這個刁鑽兇惡的大對頭死了，從此可免了我不少麻煩。」

張無忌大聲道：「不，不！我不盼望你死，只盼你平安無事。韋蝠王這般嚇你，要在你臉上劃幾條刀痕，我當眞有些躭心。」趙敏嫣然一笑，臉上暈紅，低下頭去。

張無忌道：「趙姑娘，你別再跟我們爲難了，把六大派的高手都放了出來，大家歡歡喜喜的做朋友，豈不是好？」趙敏喜道：「好啊，我本來就盼望這樣。你是明教教主，一言九鼎，你去跟他們說，要大家歸降朝廷。待我爹爹奏明皇上，每個人都有封賞。」

張無忌緩緩搖頭，說道：「我們漢人都有個心願，要你們蒙古人退出漢人的地方。」趙敏霍地站起，說道：「怎麼？你竟說這種犯上作亂的言語，那不是公然反叛麼？」張無忌道：「我本來就是反叛，難道你到此刻方知？」

趙敏向他凝望良久，臉上的憤怒和驚詫慢慢消退，漸漸顯得又溫柔，又失望，終於又坐了下來，說道：「我早就知道了，不過要聽你親口說了，我才肯相信那是千眞萬確，當眞無可挽回。」這幾句話說得竟十分淒苦。

張無忌心腸本軟，這時更加抵受不住她如此難過，幾乎便欲衝口而出：「我聽你的話便是。」但這念頭一瞬即逝，立即把持住心神，可是也想不出甚麼話來勸慰。

兩人默默對坐了好一會。張無忌道：「趙姑娘，夜已深了，我送你回去罷。」趙敏道：「你連陪我多坐一會兒也不願麼？」張無忌忙道：「不！你愛在這裏飲酒說話，我便陪你。」趙敏微微一笑，緩緩的道：「有時候我自個兒想，倘若我不是蒙古人，又不是甚麼郡主，只不過是像周姑娘那樣，是個平常人家的漢人姑娘，那你或許會對我好些。張公子，你說是我美呢，還是周姑娘美？」

張無忌沒料到她竟會問出這句話來，心想畢竟番邦女子性子直率，口沒遮攔，燈光掩映之下，但見她嬌美無限，不禁脫口而出：「自然是你美！」趙敏大喜，問道：「你不騙我嗎？」張無忌道：「我心中這樣想，便衝口說出來，要說謊也來不及了。」

趙敏伸出右手，按在他手背上，眼光中全是喜色，道：「張公子，你喜不喜歡常常見見我，倘若我時時邀你到這兒來喝酒，你來不來？」

張無忌的手背碰到她柔滑的手掌心，心中怦怦而動，定了定神，才道：「我在這兒不能多躭，過不幾天，便要南下。」趙敏道：「你到南方去幹甚麼？」張無忌嘆了口氣，道：「我不說你也猜得到，說了出來，又惹得你生氣……」

趙敏眼望窗外的一輪皓月，忽道：「你答應過我，要給我做三件事，總沒忘了罷？」張無忌道：「自然沒忘。便請姑娘即行示下，我盡力去做。」趙敏轉過頭來，直視著他的臉，說道：「現下我只想到了第一件事。我要你伴我去取那柄屠龍刀。」

張無忌早就猜到，她要自己做那三件事定然極不好辦，卻萬萬沒想到第一件事便是這天大的難題。趙敏見他大有難色，道：「怎麼？你不肯麼？這件事可並不違背俠義之道，也不是你沒法辦到的。」

張無忌心想：「屠龍刀在我義父手上，江湖上衆所週知，那也不用瞞她。」便道：「屠龍刀是我義父金毛獅王謝大俠之物。我豈能背叛義父，取刀給你？」趙敏道：「我不是要你去偷去搶、去拐去騙，我也不是眞的要了這把刀。我只要你去向你義父借來，給我把玩一個時辰，立刻便還給他。你們是義父義子，難道向他借一個時辰，他也不肯？借來瞧瞧，既不吞沒他的，又不用來謀財害命，難道也違背俠義之道了？」張無忌道：「這把刀雖大大有名，其實也沒甚麼看頭，只不過特別沉重些、鋒利些而已。」

趙敏道：「說甚麼『武林至尊，寶刀屠龍。號令天下，莫敢不從。倚天不出，誰與爭鋒？』倚天劍是在我手中，我定要瞧瞧那屠龍刀是甚麼模樣。你若不放心，我看刀之時，你儘可站在一旁。憑著你的本領，我決不能強佔不還。」

張無忌尋思：「救出了六大派高手之後，我本要立即動身去迎歸義父，請他老人家擔起這教主的重任。趙姑娘言明借刀看一個時辰，雖難保她沒有甚麼詭計，可是我全神提防，諒她也不能將刀奪了去。只義父曾說，屠龍刀之中，藏著一件武功絕學的大祕密。義父雙眼未盲之時已得寶刀，以他的聰明才智，始終參詳不出，這趙姑娘在短短一個時辰之中，豈能有何作爲？何況我和義父一別十年，說不定他在孤島之上，已參透了寶刀的祕密。」

趙敏見他沉吟不答，笑道：「你不肯，那也由得你。我可要另外叫你做一件事，那卻難得多了。」

張無忌心知這女子智計多端，倘若另外出個難題，自己決計辦不了，忙道：「好，我答允去給你借屠龍刀。但咱們言明在先，你只能借看一個時辰，倘若意圖強佔，我可決不干休。」趙敏笑道：「是了。我又不會使刀，重甸甸的要來幹麼？你便恭恭敬敬的送給我，我也不希罕呢。你甚麼時候動身去取？」張無忌道：「這幾天就去。」趙敏道：「那再好也沒有了。我去收拾收拾，你甚麼時候動身，來約我便是。」

張無忌又是一驚，道：「你也同去？」趙敏道：「當然啦。聽說你義父是在海外孤島上，相距極遠。要是他不肯歸來，難道要你萬里迢迢的借了刀來，給我瞧上一個時辰，再萬里迢迢的送去，又萬里迢迢的歸來？天下也沒這個道理。」

張無忌想起北海中波濤的險惡，茫茫大洋之中，能否找得到冰火島已十分渺茫，若要來來去去的走上四次不出岔子，那可半點把握也沒有，她說得不錯，義父在冰火島上一住二十年，未必肯以垂暮之年，重歸中土，說道：「大海中風波無情，你何必去冒這個險？」趙敏道：「你冒得險，我爲甚麼便不成？」張無忌躊躇道：「你爹爹肯放你去嗎？」趙敏道：「爹爹派我統率江湖羣豪，這幾年來我往東到西，爹爹從來就沒管我。」

張無忌聽到「爹爹派我統率江湖羣豪」這句話，心中一動：「我到冰火島去迎接義父，不知何年何月方歸。倘若那是她的調虎離山之計，乘我不在，便大舉對付本教，倒不可不防，但若和她同往，她手下人有所顧忌，便可免了我的後顧之憂。」內心深處又隱隱覺得，若能與她風濤萬里，在茫茫大海中同行，眞乃無窮樂事。雖顧慮仍多，但心中怦然而動，便點頭道：「好，我出發之時，便來約你……」

一句話沒說完，突然間窗外紅光閃亮，跟著喧嘩之聲大作，從遠處隱隱傳來。

趙敏走到窗邊一望，驚道：「啊喲，萬安寺寶塔起火！苦大師，苦大師，快來。」連叫數聲，苦頭陀竟不現身。她走到外堂，不見苦頭陀的蹤影，問那掌櫃時，卻說那個頭陀一到便走，並沒停留，早去得久了。趙敏大爲詫異，忽然想到先前他那古裏古怪的一笑，不禁滿臉紅暈，低下頭來向張無忌偷瞧了一眼。

張無忌見火頭越燒越旺，生怕大師伯等功力未復，竟給燒死在高塔之中，說道：

「趙姑娘，少陪了！」一語甫畢，已急奔而出。趙敏叫道：「且慢！我和你同去。」待她奔到門外，張無忌已絕塵而去。

鹿杖客見苦頭陀給郡主叫去，心中大定，當即負著韓姬，來到弟子烏旺阿普室中。萬安寺寶塔共十三層，高一十三丈，最上三層供奉佛像、佛經、舍利子等物，不能住人。烏旺阿普是高塔的總管，居於第十層，便於眺望四周，控制全局。

鹿杖客進房後，對烏旺阿普道：「你在門外瞧著，別放人進來。」烏旺阿普一出門，他當即掩上房門，解開包袱，放了韓姬出來。只見她駭得花容黯淡，眼光中滿是哀懇之色，鹿杖客悄聲道：「你到了這裏，便不用害怕，我自會好好待你。」眼下還不能解開她穴道，怕她聲張出來壞事，但心癢難搔，先在她嘴唇上輕輕一吻，佔些便宜再說，將來縱然落空，總也已吻過了美人。

他將韓姬放在烏旺阿普床上，拉過被子蓋在她身上，另取一條棉被裹在包中，放在一旁。韓姬所在之處，即爲是非之地，他不敢多所逗留，匆匆出房，囑咐烏旺阿普不可進房，也不可放別人進去。他知這個大弟子對己既敬且畏，決不敢稍有違背，心下盤算：「此事當眞要苦頭陀嚴守祕密，非賣他一個大大人情不可，只得先去放了他的老情人和私生女兒。恰好昨晚魔教的教主這麼一鬧，事情正是從那周姑娘身上而起，只須說是魔教教主將滅絕老尼和周姑娘救了去，那就天衣無縫，郡主再也沒半點疑心。這小魔頭武功如此高強，郡主也不能怪我們看守失責。」

峨嵋派一干女弟子都囚在第七層上，滅絕師太是掌門之尊，單獨囚在一間小室中。鹿杖客命看守者開門入內，只見滅絕師太盤膝坐在地下，閉目靜修。她已絕食數日，容顏雖然憔悴，反更顯得桀傲強悍。

鹿杖客道：「滅絕師太，你好！」滅絕師太緩緩睜開眼來，道：「在這裏便是不好，有甚麼好？」鹿杖客道：「你如此倔強，主人說留著也是無用，命我來送你歸天。」滅絕師太死志早決，說道：「好極，但不勞閣下動手，請借一柄短劍，由我自己了斷便是。還請閣下叫我徒兒周芷若來，我有幾句話囑咐於她。」鹿杖客轉身出房，命人帶周芷若，心想：「她母女之情，果然與眾不同，否則為甚麼不叫別的大徒兒，單是叫她。」

不久周芷若來到師父房中，滅絕師太道：「鹿杖先生，請你在房外稍候，我只說幾句話便成。」

鹿杖客點點頭，走出房去，守在門外。等了一會，忽想偷聽她母女二人說些甚麼秘密，便運起內功，俯耳門上。但聽得唧唧噥噥，一人聲音極低，語音沉厚，當是滅絕師太在說話，凝神聽了半天，卻半個字也聽不到。過了一會，只聽得周芷若「啊」的一聲，說道：「師父，弟子年輕，入門未久……你老人家必能脫困……」鹿杖客大奇：

「怎麼她叫母親作『師父』，不叫『媽媽』，難道她還不知自己是滅絕老尼的私生女兒嗎？」又聽得周芷若不斷推辭：「弟子實在不能，弟子做不來，弟子不能……」滅絕師太厲聲道：「你不聽我的囑咐，便是欺師滅祖。」

一個推託，一個嚴命，一來一往，說了好久。鹿杖客聽不出滅絕師太叫女兒答允甚麼，周芷若又推辭甚麼，只聽得周芷若嗚嗚咽咽的哭了好一陣。鹿杖客這時等得老大不耐煩，打門道：「喂，你們話說完了嗎？以後說話的日子長著呢，不用趕著這時候說。」滅絕師太脾氣暴躁，粗聲喝道：「你囉唆甚麼？」鹿杖客不想得罪她母女，令得苦頭陀不快，便道：「好，好！我不來囉唆，你娘兒倆慢慢說罷！」滅絕師太怒道：「不倫不類！我們是兩師徒，甚麼『娘兒倆』？」鹿杖客陪笑道：「是，是！」又等了一會，心中掛念著韓姬，實在耐不住了，便快步上到第十層烏旺阿普房外。

又過一會，滅絕師太已對周芷若交待了本門的重大事務，只聽得有人又在打門。滅絕師太心想：「今日已來不及傳功了。」朗聲道：「進來罷！」

板門開處，進來的卻不是鹿杖客而是苦頭陀。滅絕師太也不以為異，心想這些人都是一丘之貉，不論是誰來都是一樣，便道：「你把這孩子領出去罷。」她不願在周芷若的面前自刎，以免她抵受不住。

苦頭陀走近身來，低聲道：「這是解藥，快快服了。待會聽得外面叫聲，大家併力殺出。」滅絕師太奇道：「閣下是誰？何以給解藥於我？」苦頭陀道：「在下是明教光明右使范遙，盜得解藥，特來相救師太。」滅絕師太怒道：「魔教奸賊！到此刻尚來戲弄於我。」范遙笑道：「好罷！就算是我戲弄你，這是毒上加毒的毒藥，你有沒膽子服了下去？藥一入肚，一個時辰肚腸寸寸斷裂，死得慘不可言。」滅絕師太一言不發，接過他手中的藥粉，張口便服入肚內。

周芷若驚叫：「師父……師父……」范遙伸出另一隻手掌，喝道：「不許作聲，你也服了這毒藥。」周芷若一驚，已給范遙揑住她臉頰，將藥粉倒入口中，跟著提起一瓶清水灌了她幾口，藥粉盡數落喉。

滅絕師太大驚，心想周芷若一死，自己的一番苦心盡付東流，奮不顧身的撲上，揮掌向范遙打去。可是她此時功力未復，這一掌招數雖精，卻能有甚麼力道，只給范遙輕輕一推，便撞到了牆上。

范遙笑道：「少林羣僧、武當諸俠都已服了我這毒藥。我明教是好是歹，你過得片刻便知。」說著哈哈一笑，轉身出房，反手帶上了門。

原來范遙護送趙敏去和張無忌相會，心中只掛念奪取解藥之事。趙敏命他在小酒家的外堂中相候，他立即出店，飛奔回到萬安寺，進了高塔，逕到第十層烏旺阿普房外。

烏旺阿普正站在門外，見了他便恭恭敬敬的叫聲：「苦大師。」

范遙點了點頭，心中暗笑：「好啊，鹿老兒為師不尊，自己躲在房中，和王爺的愛姬風流快活，卻叫徒兒在門外把風。乘著這老兒正在胡天胡帝之時，掩將進去，正好奪了他的解藥。」於是佝僂著身子，從烏旺阿普身旁走過，突然反手一指，點中了他小腹上的穴道。別說烏旺阿普毫沒提防，即令全神戒備，也躲不過這一指。他要穴一經點中，立時呆呆的不能動彈，心下大為奇怪，不知甚麼地方得罪了這位啞巴頭陀，難道剛才這一聲「苦大師」叫得不夠恭敬麼？

范遙推開房門，快如閃電的撲向床上，雙腳尚未落地，一掌已擊向床上之人。他深知鹿杖客武功了得，這一掌若不能將他擊得重傷，便是一場不易分得勝敗的生死搏鬥，是以這一掌使上了十成勁力。只聽得啪的一聲響，只擊得被子破裂、棉絮紛飛，揭開棉被看時，只見韓姬口鼻流血，已給他打得香殞玉碎，卻不見鹿杖客的影子。

范遙心念一動，回身出房，將烏旺阿普拉了進來，隨手又加一指，將他塞入床底。剛掩上門，只聽得鹿杖客在門外怒叫：「阿普，阿普，你怎敢擅自走開？」

原來鹿杖客不耐煩滅絕師太母女二人婆婆媽媽的不知說到幾時方罷，便即回到烏旺阿普房來，卻見這一向聽話的大弟子居然沒在房外守衛，好生惱怒，推開房門，幸好並無異狀，韓姬仍面向裏床，身上蓋著棉被。

鹿杖客拿起門閂，先將門上了閂，轉身笑道：「美人兒，我來給你解開穴道，可是你不許出聲說話。」一面說，一面便伸手到被窩中去，手指剛碰到韓姬的背脊，突然間手腕上一緊，五根鐵鉗般的手指已將他脈門牢牢扣住。這一下全身勁力登失，半點力道也使不出來，只見棉被掀開，一個長髮頭陀鑽了出來，正是苦頭陀。

范遙右手扣住鹿杖客的脈門，左手運指如風，連點了他周身一十九處大穴。鹿杖客登時軟癱在地，再也動彈不得，眼光中滿是怒色。

范遙指著他說道：「老夫行不改姓，坐不改名，明教光明右使，姓范名遙的便是。今日你遭我暗算，枉你自負機智絕倫，其實是昏庸無用之極。此刻我若殺了你，非英雄好漢之所爲，且留下你一條性命，你若有種，日後只管來找我范遙報仇。」

他興猶未足，脫去鹿杖客全身衣服，將他剝得赤條條地，和韓姬的屍身並頭而臥，再拉過棉被，蓋在這一死一活的二人身上。這才取過鹿角杖，旋開鹿角，盡數倒出解藥，然後逐一到各間囚室之中，分給空聞大師、宋遠橋、兪蓮舟等各人服下。待得一個個送畢解藥，耗時已然不少，中間不免費些唇舌，解說幾句。最後來到滅絕師太室中，見她不信此是解藥，索性嚇她一嚇，說是毒藥。范遙恨她傷殘本教衆多兄弟，得能陰損她幾句，甚覺快意。

他分送解藥已畢，正自得意，忽聽得塔下人聲喧嘩，其中鶴筆翁的聲音最是響亮：

「這苦頭陀是奸細，快拿他下來！」范遙暗暗叫苦：「糟了，糟了，是誰去救了這傢伙出來？」探頭向塔下望去，只見鶴筆翁率領了大批武士，已將高塔團團圍住。苦頭陀這一探頭，孫三毀和李四摧雙箭齊發，大罵：「惡賊頭陀，害得人好慘！」

鶴筆翁等三人穴道遭點，本非一時所能脫困，他三人藏在鹿杖客房中，旁人也不敢貿然進去。豈知汝陽王府派出的衆武士在萬安寺中到處搜查，不見王爺愛姬的影蹤，便有人想起鹿杖客生平好色貪花的性子。可是衆武士對他向來忌憚，雖疑心王爺愛姬失蹤和他有關，卻有誰敢去太歲頭上動土？挨了良久，率領衆武士的哈總管心生一計，命一名小兵去敲鹿杖客的房門，鹿杖客身分極高，就算動怒，諒來也不能對這無名小卒怎麼樣，即使眞的殺了這小兵，那也無足輕重。這小兵打了數下門，房中無人答應。

哈總管一咬牙，命小兵只管推門進去瞧瞧。這一瞧，便瞧見鶴筆翁和孫三毀、李四摧倒在地下。其時鶴筆翁運氣衝穴，已衝開了三四成，哈總管給他解穴，登時便行動自如。鶴筆翁怒氣衝天，查問鹿杖客和苦頭陀的去向，得知已到了高塔之中，便解開孫三毀和李四摧的穴道，率領衆武士圍住高塔，大聲呼喊，叫苦頭陀下來決一死戰。

范遙暗罵：「決一死戰便決一死戰，姓范的還怕了你不成？只不過那些臭和尚、老尼姑服解藥未久，一時三刻之間功力不能恢復。這鶴筆翁已聽到我和鹿杖客的說話，就算我將鹿老兒殺了，也已不能滅口，這便如何是好？」一時徬徨無計，只聽得鶴筆翁叫道：「死頭陀，你不下來，我便上來了！」

范遙返身將鹿杖客和韓姬一起裹在被窩之中，回到塔邊，將兩人高高舉起，叫道：「鶴老兒，你只要走近塔門一步，我便將這頭淫鹿摔下來了。」

衆武士手中高舉火把，照耀得四下裏白晝相似，只是那寶塔太高，火光照不上去，但影影綽綽，仍可看到鹿杖客和韓姬的面貌。

鶴筆翁大驚，叫道：「師哥，師哥，你沒事麼？」連叫數聲，不聽得鹿杖客答話，只道已給苦頭陀弄死，心下氣苦，叫道：「賊頭陀，你害死我師哥，我跟你誓不兩立。」范遙解開了鹿杖客的啞穴。鹿杖客立時破口大罵：「賊頭陀，你這裏應外合的奸細，千刀萬剮的殺了你……」范遙容他罵得幾句，又點了他啞穴。鶴筆翁見師兄未死，心下稍安，只怕苦頭陀眞的將師兄摔了下來，不敢走近塔門。

這般僵持良久，鶴筆翁始終不敢上來相救師兄。范遙只盼儘量拖延時光，多拖得一刻便好一刻，他站在欄干之旁，哈哈大笑，叫道：「鶴老兒，你師兄色膽包天，竟將王爺的愛姬偷盜出來。是我捉姦捉雙，將他二人當場擒獲。你還想包庇師兄麼？總管大人，快快將這老兒拿下了。他師兄弟二人叛逆作亂，罪不容誅。你拿下了他，王爺定然重重有賞。」

哈總管斜目睨視鶴筆翁，要想動手，卻又不敢。他見苦頭陀突然開口說話，雖覺奇怪，但清清楚楚的瞧見鹿杖客和韓姬裹在一條棉被之中，何況心中先入爲主，早已信了九成。他高聲叫道：「苦大師，請你下來，咱們同到王爺跟前分辯是非。你們三位都是前輩高人，小人誰也不敢冒犯。」

范遙一身是膽，心想同到王府之中去見王爺，待得分清是非黑白，塔上諸俠體內毒性已解，當即叫道：「妙極，妙極！我正要向王爺領賞。總管大人，你看住這個鶴老兒，千萬別讓他乘機逃了。」

正在此時，忽聽得馬蹄聲響，一乘馬急奔進寺，直衝到高塔之前，衆武士一齊躬身行禮，叫道：「小王爺！」范遙從塔上望將下來，見此人頭上束髮金冠閃閃生光，跨著一匹高大白馬，身穿錦袍，正是汝陽王的世子庫庫特穆爾、漢名王保保的便是。

王保保厲聲問道：「韓姬呢？父王大發雷霆，要我親來查看。」哈總管上前稟告，便說是鹿杖客將韓姬盜了來，現爲苦頭陀拿住。鶴筆翁急道：「小王爺，莫聽他胡說八道。這頭陀乃是奸細，他陷害我師哥……」王保保雙眉一軒，叫道：「一起下來說話！」

范遙在王府日久，心知王保保精明能幹，不在乃父之下，自己的詭計瞞得過旁人，須瞞不過他，一下高塔，只怕小王爺三言兩語之際便識穿破綻，下令衆武士圍攻，單是個鶴筆翁便不好鬥，自己脫身或不爲難，塔中諸俠就救不出來了，高聲道：「小王爺，我拿住了鹿杖客，他師弟恨我入骨，我只要一下來，他立刻便會殺了我。」

王保保道：「你快下來，鶴先生殺不了你。」范遙搖搖頭，朗聲道：「我還是在塔上平安些。小王爺，我苦頭陀一生不說話，今日事出無奈，被迫開口，那全是我報答王爺的一片赤膽忠心。你若不信，我苦頭陀只好跳下高塔，一頭撞死給你看了。」

王保保聽他言語不盡不實，多半是胡說八道，有意拖延，低聲問哈總管道：「他有何圖謀，要故意延擱，是在等候甚麼人到來麼？」哈總管道：「小人不知……」鶴筆翁搶著道：「小王爺，這賊頭陀搶了我師哥的解藥，要解救高塔中囚禁著的一衆叛逆。」王保保登時省悟，叫道：「苦大師，我明白你的功勞，你快下來，我重重有賞。」

范遙道：「我給鹿杖客踢了兩腳，腿骨都快斷了，這會兒全然動彈不得。小王爺，請你稍待片刻，我運氣療傷，當即下來。」王保保喝道：「哈總管，你快派人上去，背負苦大師下塔。」范遙大叫：「使不得，使不得，誰一移動我身子，我兩條腿就廢了。」

王保保此時更無懷疑，眼見韓姬和鹿杖客雙雙裹在一條棉被之中，就算兩人並無苟且，父王也不能再要這姬人，低聲道：「哈總管，舉火燒了寶塔。派人用強弓射住，不論是誰從塔上跳下，一概射殺。」哈總管答應了，傳下令去，登時弓箭手彎弓搭箭，團團圍住高塔，有些武士便去取火種柴草。

鶴筆翁大驚，叫道：「小王爺，我師哥在上面啊。」王保保冷冷的道：「這頭陀不能在上面等一輩子，塔下一舉火，他自會下來。」鶴筆翁叫道：「他若將我師哥摔將下來，那可怎麼辦？小王爺，這火不能放。」王保保哼了一聲，不去理他。片刻之間，衆武士已取過柴草火種，在塔下點起火來。

鶴筆翁是武林中大有身分之人，受汝陽王禮聘入府，向來甚受敬重，不料今日連中苦頭陀的奸計不算，連小王爺也不以禮相待，眼見師兄危在頃刻，這時也不理他甚麼小王爺大王爺，提起鶴嘴雙筆，縱身而上，挑向兩名正在點火的武士，吧吧兩響，兩名武士遠遠摔開。

王保保大怒，喝道：「鶴先生，你也要犯上作亂麼？」鶴筆翁道：「你別叫人放火，我自不會來阻攔。」王保保喝道：「點火！」左手一揮，他身後竄出五名紅衣番僧，從衆武士手中接過火把，向塔下的柴草擲了過去。柴草一遇火燄，登時便燃起熊熊烈火。鶴筆翁大急，從一名武士手中搶過一根長矛，撲打著火的柴草。

王保保喝道：「拿下了！」那五名紅衣番僧各持戒刀，登時將鶴筆翁圍住。

鶴筆翁怒極，拋下長矛，伸手便來拿左首一名番僧手中的兵刃。這番僧並非庸手，戒刀翻轉，反剁他肩頭。鶴筆翁待得避開，身後金刃劈風，又有兩柄戒刀同時砍到。

王保保手下共有十八名武功了得的番僧，號稱「十八金剛」，分爲五刀、五劍、四杖、四鈸。這五僧乃「五刀金剛」，單打獨鬥跟鶴筆翁的武功都差得遠了，但五刀金剛聯手，攻守相助，鶴筆翁武功雖高，但早一日給張無忌擊得受傷嘔血，內力大損，何況眼見火勢上騰，師兄處境極爲危險，不免沉不住氣，一時難以取勝。

王保保手下衆武士加柴點火，火頭燒得更加旺了。這寶塔有磚有木，在這大火焚燒之下，底下數層便必必剝剝的燒了起來。

范遙抛下鹿杖客，衝到囚禁武當諸俠的室中，叫道：「韃子在燒塔了，各位內力是否已復？」只見宋遠橋、俞蓮舟等人各自盤坐用功，凝神專志，誰也沒答話，顯然到了回復功力的緊要關頭。看守諸俠的武士有幾名搶來干預，都讓范遙抓將起來，一個個擲出塔外，活活摔死。其餘的冒火突煙，逃了下去。

過不多時，火燄已燒到了第四層，囚禁在這層中的華山派諸人不及等功力恢復，狼狽萬狀的逃上第五層。火燄毫不停留的上騰，跟著第五層中的崆峒派諸人也逃了上去。有的奔走稍慢，連衣服鬚髮都燒著了。

范遙正感束手無策，忽聽得一人叫道：「范右使，接住了！」正是韋一笑的聲音。范遙大喜，往聲音來處瞧去，只見韋一笑站在萬安寺後殿的殿頂，抖手將一條長繩抛了過來，范遙伸手接住。韋一笑叫道：「你縛在欄干上，便是一道繩橋。」范遙剛縛好繩子，神箭八雄中的趙一傷颼的一箭，將繩子從中射斷。范遙和韋一笑同聲破口大罵。

韋一笑罵道：「射你個奶奶。那一個不抛下弓箭，老子先宰了他。」一面罵，一面抽出長劍，縱身下地。他雙足剛著地，五名青袍番僧立時仗劍圍上，卻是王保保手下十八番僧中的「五劍金剛」，五人手中長劍閃爍，劍招詭異，和韋一笑鬥在一起。

鶴筆翁揮動鶴嘴筆苦戰，高聲叫道：「小王爺，你再不下令救火，我可要對你不客氣了！」王保保那去理他。四名手執禪杖的番僧分立小王爺四周，以防有人偷襲。鶴筆翁焦躁起來，雙筆突使一招「橫掃千軍」，將身前三名番僧逼開兩步，提氣急奔，衝到了塔旁。五名番僧隨後追到。鶴筆翁雙足一登，上了寶塔第一層的屋簷。五名番僧見火勢燒得正旺，便不追上。

鶴筆翁一層層的上躍，待得登上第四層屋簷時，范遙從第七層上探頭出來，高舉鹿杖客的身子，大聲叫道：「鶴老兒，快給我停步！你再動一步，我便將鹿老兒摔成了鹿肉漿。」鶴筆翁果然不敢再動，叫道：「苦大師，我師兄弟跟你往日無怨，近日無仇，你何苦跟我們爲難？你要救你的老情人滅絕師太，要救你女兒周姑娘，儘管去救便是，我決不來阻攔。」

滅絕師太服了苦頭陀給她的解藥後，只道眞是毒藥，自己必死，只是周芷若竟也給灌了毒藥，畢生指望盡化泡影，心中如何不苦？正自傷心，忽聽得塔下喧嘩之聲大作，跟著苦頭陀和鶴筆翁鬥口、王保保下令縱火等情形，一一聽得淸楚。她心下奇怪：「莫非這鬼模樣的頭陀當眞是救我來著？」試一運氣，立時便覺丹田中一股暖意升將上來，和自中毒以來的情形大不相同。

她不肯聽趙敏之令出去殿上比武，已自行絕食了六七日，胃中早已空空如也，解藥入肚，迅速化入血液，藥力行開，比誰都快。加之她內力深厚，猶在宋遠橋、俞蓮舟、何太沖諸人之上，僅比少林派掌門空聞方丈稍遜，十香軟筋散的毒性遇到解藥後漸漸消退，她一經運氣，內力登時生出，不到半個時辰，內力已復了五六成。她正加緊運功，忽聽得鶴筆翁在外高聲大叫，字字如利箭般鑽入耳中：「……你要救你的老情人滅絕師太，要救你女兒周姑娘，儘管去救便是，我決不來阻攔。」

這甚麼「老情人」云云，叫她聽了如何不怒？大踏步走到欄干之旁，怒聲喝道：「你滿嘴胡說八道，不清不白的說些甚麼？」鶴筆翁求道：「老師太，你快勸勸你老……老朋友，先放我師兄下來。我擔保你一家三口，平安離開。玄冥二老說一是一，說二是二，決不致言而無信。」滅絕師太怒道：「甚麼一家三口？」

范遙雖身處危境，還是呵呵大笑，甚是得意，說道：「老師太，這老兒說我是你的舊情人，那個周姑娘嘛，是我和你兩個的私生女兒。」

滅絕師太怒容滿面，在時明時暗的火光照耀之下，看來極是可怖，沉聲喝道：「鶴老兒，你上來，我跟你拚上一百掌再說。」若在平時，鶴筆翁說上來便上來，何懼於一個峨嵋掌門，但此刻師兄落在別人手中，不敢蠻來，叫道：「苦頭陀，那是你自己說的，可不是我信口開河。」滅絕師太雙目瞪著范遙，厲聲問道：「這是你說的麼？」

范遙哈哈一笑，正要乘機挖苦她幾句，忽聽得塔下喊聲大作，往下望時，只見火光中一條人影如穿花蝴蝶般迅速飛舞，在人叢中穿插來去，嗆啷啷、嗆啷啷之聲不絕，衆番僧、衆武士手中兵刃紛紛落地，正是教主張無忌到了。

張無忌這一出手，圍攻韋一笑的五名持劍番僧五劍齊飛。韋一笑大喜，閃身搶到他身旁，低聲道：「我到汝陽王府去放火。」張無忌點了點頭，已明白他用意。自己這裏只寥寥數人，要是急切間救不出六大派羣豪，對方援兵定然越來越多，青翼蝠王到汝陽王府去放火，衆武士必定保護王爺要緊，實是個絕妙的調虎離山、釜底抽薪之計。

只見韋一笑一條青色人影一晃，已自掠過高牆。張無忌看了周遭情勢，朗聲問道：「范右使，怎麼了？」范遙叫道：「糟糕之極！燒斷了出路，一個也沒能逃得出。」

此時王保保手下的十八番僧中，倒有十四人攻到了張無忌身畔。張無忌心想擒賊先擒王，只須擒住了那頭戴金冠的韃子王公，便能要脅他下令救火放人，於是身形一側，從衆番僧之間竄過，猶似游魚破水，直欺到王保保身前。

驀地裏左首一劍刺到，寒氣逼人，劍尖直指胸口。張無忌急退一步，只聽得一個女子聲音說道：「張公子，這是家兄，你莫傷他。」但見她手中長劍顫動，婀娜而立。刃寒勝水，劍是倚天，貌美如花，人是趙敏。她急跟張無忌而來，只不過遲了片刻。

張無忌道：「你快下令救火放人，否則我可要對不起兩位了。」趙敏叫道：「十八金剛，此人武功了得，結金剛陣擋住了。」那十八番僧適才吃過張無忌苦頭，不須郡主言語點明，早知他的厲害，只聽得噹的一聲大響，「四鈸金剛」手中的八面大銅鈸齊聲敲擊，十八名番僧來回遊走，擋在王保保和趙敏的身前，將張無忌隔開了。

張無忌一瞥之下，見十八名番僧盤旋遊走，步法詭異，十八人組成一道人牆，看來其中還蘊藏著不少變化。他忍不住便想衝一衝這座金剛陣，但就在此時，砰的一聲大響，高塔上倒了一條大柱下來。

一回頭，只見火燄已燒到了第七層上。血紅的火舌繚繞之中，兩人拳掌交加，鬥得極是激烈，正是滅絕師太和鶴筆翁。第十層的欄干之旁倚滿了人，都是少林、武當各派人物，這干人武功尚未全復，何況高塔第十層離地十丈，縱有絕頂輕功而內力又絲毫未失，跳下來也非活活摔死不可。

張無忌一個念頭在腦海中飛快的轉了幾轉：「此金剛陣非片刻間所能破，何況擊敗眾番僧，又有別的好手上來，要擒趙姑娘的哥哥，大是不易。滅絕師太和這鶴筆翁鬥了這些時刻，始終未曾落敗，看來她功力已復，那麼大師伯等人的內力該當也已恢復，只寶塔太高，沒法躍下來而已。」

他一動念間，突然滿場遊走，雙手忽打忽拿、忽拍忽奪，將神箭八雄盡數擊倒，此外眾武士中凡手持弓箭的，都給他或斷弓箭，或點穴道，眼看高塔近旁已無彎弓搭箭的好手，縱聲叫道：「塔上各位前輩，請逐一跳下來，在下在這裏接著！」

塔上諸人聽了都是一怔，心想此處高達十餘丈，跳下去力道何等巨大，你便有千斤之力也沒法接住。崆峒、崑崙各派中便有人嚷道：「千萬跳不得，莫上這小子的當！他要騙咱們摔得粉身碎骨。」

張無忌見煙火瀰漫，已燒近眾高手身邊，眾人若再不跳，勢必盡數葬身火窟，提聲叫道：「俞二伯，你待我恩重如山，難道小姪會存心害你嗎？請你先跳罷！」

俞蓮舟對張無忌素來信得過，雖料想他武功再強，也決計接不住自己，但想與其給活活燒死，還不如活活摔死，叫道：「好！我跳下來啦！」縱身躍起，從高塔上跳落。

張無忌看得分明，待他身子離地約有五尺之時，挺掌輕輕拍出，正拍在他腰裏。這一掌中所運，正是「乾坤大挪移」的絕頂武功，吞吐控縱之間，已將他自上向下的一股巨力撥為自左至右。

俞蓮舟身上受力不重，向橫裏直飛出去，一摔數丈，此時他功力已恢復了七八成，一個迴旋，已穩穩站在地下，順手出掌，將一名蒙古武士打得口噴鮮血。他大聲叫道：「大師哥、四師弟！你們都跳下來罷！」

塔上眾人見俞蓮舟居然安好無恙，齊聲歡呼。

宋遠橋愛子情深，要他先脫險地，說道：「青書，你跳下去！」宋青書自出囚室後，一直站在周芷若身旁，說道：「周姑娘，你快跳。」周芷若功力未復，不能去相助師父，卻不肯自行逃生，聽宋青書這麼說，搖了搖頭，道：「我等師父！」

這時何太沖、班淑嫻等已先後跳下，都由張無忌施展乾坤大挪移神功出掌拍擊，自直墮改爲橫摔，一一脫險。這干人功力雖未全復，但只須回復得五六成，已是衆番僧、衆武士所難抵擋。俞蓮舟等頃刻間奪得兵刃，護在張無忌身周。王保保和趙敏的手下欲上前阻撓，均爲俞蓮舟、何太沖、班淑嫻等人擋住。塔上每躍下一人，張無忌便多了一個幫手。那些人自遭趙敏囚入高塔之後，人人受盡了屈辱，也不知有多少人給割去了手指，此時得脫牢籠，個個含憤拚命，霎時間已有二十餘名武士屍橫就地。

王保保見情勢不佳，傳令道：「調我飛弩親兵隊來！」

哈總管正要去傳小王爺號令，突然間只見東南角上火光衝天。他大吃一驚，叫道：「小王爺，王府失火！咱們快去保護王爺要緊。」

王保保關懷父親安危，顧不得擒殺叛賊，忙道：「妹子，我先回府，你諸多小心！」不等趙敏答應，掉轉馬頭，直衝出去。王保保這一走，十八金剛一齊跟去，王府武士也去了一大半。餘下衆武士見王府失火，誰也沒想到只韋一笑一人搗鬼，還道大批叛賊進攻王府，無不驚惶。

其時宋青書、宋遠橋、張松溪、莫聲谷等都已躍下高塔，雙方強弱之勢大大逆轉，待得空聞方丈、空智大師，以及少林派達摩堂、羅漢堂衆高僧分別躍下後，趙敏手下的衆武士已無可抗禦。

趙敏心想此時若再不走，自己反要成爲他的俘虜，當即下令：「各人退出萬安寺。」轉頭向張無忌叫道：「明日黃昏，我再請你飲酒，務請駕臨。」張無忌一怔之間，尚未答應，趙敏嫣然一笑，已退入了萬安寺後殿。

只聽得范遙在塔頂大叫：「周姑娘，快跳下，火燒眉毛啦！你再不跳，難道想做焦炭美人麼？」周芷若道：「我陪著師父！」

滅絕師太和鶴筆翁劇鬥一陣，煙火上騰，便躍上一層，終於鬥上了第十層的屋角。她功力尚未全復，但此時早已將生死置之度外，掌法中只攻不守。鶴筆翁一來掛念著師兄的安危，心有二用，二來前傷未愈，三來適才中了麻藥、穴道又遭封閉良久，手腳究也不十分靈便，兩人竟鬥了個不分上下。滅絕師太聽到徒兒的說話，叫道：「芷若，你快跳下去，別來管我！這賊老兒辱我太甚，非殺了他不可！」

鶴筆翁暗暗叫苦：「這老尼全是拚命打法，我救師兄要緊，難道跟她在這火窟中同歸於盡不成？」大聲道：「滅絕師太，這話是苦頭陀說的，跟我可不相干。」

滅絕師太撤掌迴身，問范遙道：「兀那頭陀，這瘋話可是你說的？」范遙嘻皮笑臉的道：「甚麼瘋話？」這一句話，明擺著要滅絕師太親口重覆一遍：「他說我是你的老情人，周芷若是我跟你生的私生女兒。」她聽了范遙這句話，已知鶴筆翁之言不假，只氣得全身發顫，雖然此時早明白范遙確是救了自己，但仍容他不得。

鶴筆翁見滅絕師太背向自己，突然一陣黑煙捲到，正是偷襲良機，煙霧之中，雙掌擊向滅絕師太背心。周芷若和范遙看得分明，齊聲叫道：「師父小心！」「老尼姑小心！」滅絕師太迴掌反擊，卻已擋不了鶴筆翁的陰陽雙掌，左掌和他的左掌相抵，鶴筆翁右手所發的玄冥神掌終於擊中她背心。那玄冥神掌何等厲害，當年在武當山上，甚至和張三丰都對得一掌，滅絕師太身子一晃，險些摔倒。周芷若大驚，搶上扶住師父。

范遙大怒，喝道：「陰毒卑鄙的小人，留你作甚？」提起裹著鹿杖客和韓姬的被窩捲兒，拋了下去。鶴筆翁同門情深，危急之際不及細思，撲出來便想抓住鹿杖客。但那被窩捲離塔太遠，鶴筆翁只抓到被窩一角，一帶之下，竟身不由主的跟著一起摔落。

張無忌站在塔下，煙霧瀰漫之中瞧不清塔上這幾人的糾纏，眼見一大綑物事和一人摔下，那綑物事不知是甚麼東西，隱約間只看到其中似乎包得有人，但那人卻看清楚是鶴筆翁。他明知此人作惡多端，曾累得自己不知吃過多少苦頭，可是終不忍袖手不顧，任由他跌得粉身碎骨，立即縱身上前，雙掌分別拍出，將被窩和鶴筆翁分向左右擊出三丈。

鶴筆翁一個迴旋，已然站定，心中暗叫：「好險！」他萬沒想到張無忌竟會以德報怨，救了自己一命，轉身去看師兄時，卻又大吃一驚。原來張無忌一拍之下，被窩散開，滾出兩個赤裸裸的人來，正好摔入火堆中。鹿杖客穴道未解，動彈不得，鬚髮登時著火。鶴筆翁大叫：「師哥！」搶入火堆中抱起。

他躍出火堆，立足未定，俞蓮舟叫道：「吃我一掌！」左掌擊向他肩頭。鶴筆翁不敢抵敵，沉肩相避，俞蓮舟這一掌似已用老，但他肩頭下沉，這一掌跟著下擊，啪的一聲，只痛得鶴筆翁額頭冷汗直冒，此刻救師兄要緊，忙抱起鹿杖客，飛身躍出高牆。

便在此時，塔中又是一根燃燒著的大木柱倒將下來，壓著韓姬屍身，片刻間全身是火。塔下眾人齊聲大叫：「快跳下來，快跳下來！」

范遙東竄西躍，躲避火勢。那寶塔樑柱燒毀後，磚石紛紛跌落，塔頂已微微晃動，隨時都能倒塌。滅絕師太厲聲道：「芷若，你跳下去！」周芷若道：「師父，你先跳了，我再跳！」滅絕師太突然縱身而起，一掌向范遙的左肩劈下，喝道：「魔教的惡賊，容你不得！」

范遙一聲長笑，縱身躍下。張無忌揮掌推出，將他輕輕送開，讚道：「范右使，大功告成，當眞難能！」范遙站定腳步，說道：「若非教主神功蓋世，大夥兒人人成了高塔上的烤豬。范遙行事不當，何功之有？」

滅絕師太伸臂抱了周芷若，踴身下跳，待離地面約有丈許時，雙臂運勁上托，反將周芷若托高了數尺。這麼一來，周芷若變成只是從丈許高的空中落下，絲毫無礙，滅絕師太的下墮之勢卻反而加強。

張無忌搶步上前，運起乾坤大挪移神功往她腰後拍去。豈知滅絕師太死志已決，又絕不肯受明教半分恩惠，見他手掌拍到，拚起全身殘餘力氣，反手擊出。雙掌相交，砰的一聲大響，張無忌的掌力為她這一掌轉移了方向，喀喇一響，滅絕師太重重摔在地下，登時脊骨斷成數截。張無忌卻也為她挾著下墮之勢的這一掌打得胸口氣血翻湧，連退幾步，心下大惑不解，滅絕師太這一掌，明明便是自殺。

周芷若撲到師父身上，哭叫：「師父，師父！」峨嵋派眾男女弟子也都搶上圍在師父身旁，亂成一團。滅絕師太道：「芷若，從今日起，你便是本派第四代掌門，我要你做的事，你都……都能遵從麼？」她竭力提聲說話，是要眾弟子盡數聽到。周芷若哭道：「是，師父，弟子不敢忘記。」

滅絕師太微微一笑，道：「如此，我死也瞑目……」見張無忌走上前來，伸手要搭她脈搏，滅絕師太右手驀地翻出，緊緊抓住他手腕，厲聲道：「魔教的淫徒，你若玷污了我愛徒清白，我做鬼也不饒過……」最後一個「你」字沒說出口，已然氣絕身亡，但手指仍然不鬆，五片指甲在張無忌手腕上掐出了血來。

范遙叫道：「大夥兒都跟我來，到西門外會齊。倘若再有躭擱，奸王的大隊人馬這就要來啦。」

張無忌抱起滅絕師太屍身，低聲道：「咱們走罷！」周芷若將師父的手指輕輕扳離他手腕，接過屍身，向張無忌一眼也不瞧，便向寺外走去。峨嵋派因與明教有仇，不願隨衆人同行，逕自離去。

這時崑崙、崆峒、華山諸派高手早已蜂擁而出。只少林派空聞、空智兩位高僧不失前輩風範，過來合什向張無忌道謝，和宋遠橋、俞蓮舟等相互謙讓一番，始先後出門。

張無忌以乾坤大挪移神功相援六派高手下塔，內力幾已耗盡，最後和滅絕師太對了那一掌，更大傷元氣，這時幾乎路也走不動了。莫聲谷將他抱起，負在背後。張無忌默運九陽神功，這才內力漸增。

其時天已黎明，羣雄來到西門，驅散把守城門的官兵，出城數里，楊逍已率領騾馬大車來接，向衆人賀喜道勞。

空聞大師道：「今番若不是明教張教主和各位相救，我中原六大派氣運難言。大恩不言謝，爲今之計，咱們該當如何，便請張教主示下。」張無忌道：「在下識淺，有甚麼主意，還是請少林方丈發號施令。」空聞大師堅執推讓。

張松溪道：「此處離城不遠，咱們今日在韃子京城中鬧得這麼天翻地覆，那奸王豈能罷休？待得王府中火勢救熄，必定派遣兵馬來追。咱們還是先離此處，再定行止。」何太沖道：「奸王派人來追，那最好不過，咱們便殺他個落花流水，出一出這幾個月來所受的惡氣。」張松溪道：「大夥兒功力未曾全復，要殺韃子也不忙在一時，還是先避一避的爲是。」

空聞大師道：「張四俠說的是，今日便殺得多少韃子，大夥兒也必傷折不小，咱們還是暫且退避。」少林派掌門說出來的話畢竟聲勢又是不同，旁人再無異議。空聞大師又問：「張四俠，依你高見，咱們該向何處暫避？」張松溪道：「韃子料得咱們不是向南，便向東南，咱們偏偏反其道而行之，逕向西北，諸位以爲如何？」

衆人都是一怔。楊逍卻拍手說道：「張四俠的見地高極。西北地廣人稀，隨便找一處荒山，儘可躲得一時。韃子定然料想不到。」衆人越想越覺張松溪此計大妙，撥轉馬頭，逕向北行。

行出五十餘里，羣俠在一處山谷中打尖休息。楊逍早已購齊各物，乾糧酒肉，無一或缺。衆人談起脫困的經過，都說全仗張無忌和范遙兩人相救。衆人又說滅絕師太一代大俠，雖性情嚴峻，爲衆所畏，但品行端方，高潔持正，武功高強，人所共欽，這次竟死於萬安寺塔下，人人均感悼惜。

張無忌掛念峨嵋派羣弟子不知是否得能脫險，倘若受困，還須設法救援。韋一笑請纓前去探查，不久後回報，說道峨嵋人衆已暫時藏身在城外一處安全所在，且一路上未發現汝陽王府武士追擊。張無忌這才放心。

空聞大師朗聲道：「這次奸人下毒，誰都吃了大虧，本派空性師弟也爲韃子所害，此仇自是非報不可。如何報仇，卻須從長計議。」空智大師道：「中原六大派原先與明教爲敵，但張教主以德報怨，反而出手相救，雙方仇嫌，自是一筆勾銷。今後大夥兒同心協力，驅除胡虜。」

衆人一齊稱是。但說到如何報仇，各派議論紛紛，難有定見。最後空聞說道：「這件事非一時可決，咱們休息數日，分別回去，日後大舉報仇，再徐商善策。」衆人均點頭稱是。

張無忌道：「此間大事已了，敝教還有些事務待辦，須回大都一轉，謹與各位作別。今後當與各位並肩攜手，與韃子決一死戰。」羣豪齊叫：「大夥兒並肩攜手，與韃子決一死戰！」呼聲震天，山谷鳴響。衆人一齊送到谷口，張無忌、楊逍、范遙、韋一笑等行禮作別，縱馬向南馳去。

猛見黑光閃動，三件兵刃登時削斷，五個人中有四人給齊胸斬斷，四面八方的摔下山麓。只鄭長老斷了一條手臂，跌倒在地。但見謝遜手中握著一柄黑沉沉的大刀，正是號稱「武林至尊」的屠龍寶刀。

二十八　恩斷義絕紫衫王

張無忌等四人馳至城外一所破廟商議。張無忌說起已答允要幫趙敏借屠龍寶刀一觀，道：「此事原本不妥，但當日我承諾爲她辦三件事，這是她所提的第一件。我若推託不做，只怕她出下更爲難的題目來。我輩千金一諾，不能不守信用。」

楊逍道：「教主，咱們本就要去接回謝法王，不如便帶了這番邦女子同去，讓她在冰火島上，拿著屠龍刀瞧上一個時辰。咱們四面團團圍住了，就算她有天大本事，也耍不出甚麼花樣。」張無忌登時放下了心頭一塊大石，說道：「咱們給她做了第一個題目，再接謝法王回來，一舉兩得，正是大大的好事。」

當下約定楊逍等一行先行南下，召集洪水旗下教衆，雇妥海船，預備船上糧食清水等物，在慶元路定海會齊，一起出海。商議既畢，張無忌便回城去接小昭和趙敏。

將近大都時，張無忌心想昨晚萬安寺一戰，汝陽王手下許多武士已識得自己面目，撞上了諸多不便，於是到一家農家買了套莊稼漢子的舊衣服換了，頭上戴個斗笠，用煤灰泥巴將手臉塗得黑黑地，這才進城。

他回到西城的客店外，四下打量，見並無異狀，當即閃身入內，進了自己住房。小昭正坐在窗邊，手中做著針線，見他進房，一怔之下，才認了他出來，滿臉歡容，如春花之初綻，笑道：「教主哥哥，我還道是那一個莊稼漢闖錯了屋子呢，眞沒想到是你。」

張無忌笑道：「你在做甚麼？獨個兒悶不悶？」小昭臉上一紅，將手中縫著的衣衫藏到了背後，忸怩道：「我在學著縫衣，可見不得人的。」將衣衫藏在枕頭底下，斟茶給張無忌喝，見他滿臉黑泥，笑問：「你洗不洗臉？」

張無忌微笑道：「我故意塗抹的，可別洗去了。」拿著茶杯，心下沉吟：「此次冰火島一行，勢須迎接義父回歸中土。義父本來躭心中原仇家太多，他眼盲之後，應付不了。此時武林羣豪同心抗胡，私人的仇怨，甚麼都該化解了。只須我陪他老人家在一起，諒旁人也不能動他一根寒毛。大海中風濤險惡，小昭妹子是不能一齊去的。嗯，有了，我要趙姑娘將小昭安頓在王府之中，倒比別的處所平安得多。」

小昭見他忽然微笑，問道：「教主哥哥，你在想甚麼？」張無忌雖已認她爲小妹子，但在旁人之前，小昭仍自居小婢，只有在無人處，才偶爾叫他一聲「教主哥哥」。

張無忌道：「我要到一個很遠很遠的地方去，帶著你不便。我想到了一處所在，可以送你去寄居。」小昭臉上變色，道：「我一定要跟著你，小昭要天天這般服侍你。」

張無忌勸道：「我是爲你好。我要去的地方很遠，很危險，不知甚麼時候才能回來。」小昭道：「教主哥哥，你答允過我要帶我去接謝法王回來，那還不遠嗎？在光明頂上那地宮之中，我就已打定了主意，你到那裏，我跟到那裏。除非你把我殺了，才能撇下我。你見了我討厭，不要我陪伴麼？」張無忌道：「不，不！你知道我很喜歡你，我只是不願你去冒無謂的危險。我一回來，立刻就會找你。」小昭搖頭道：「只要在你身邊，甚麼危險我都不在乎。教主哥哥，你帶我去罷！」

張無忌握著小昭的手，道：「小妹子，我也不瞞你，我是答允了趙姑娘，要陪她往海外一行。大海之中，波濤連天。我是不得不去。但你去冒此奇險，殊是無益。」

小昭脹紅了臉，道：「你和趙姑娘在一起，我更加要跟著你。」說了這兩句話，已急得眼中淚水盈盈。張無忌道：「爲甚麼更加要跟著我？」小昭道：「那趙姑娘心地歹毒，誰也料不得她會對你怎樣。我跟著你，也好照看著你些兒。」

張無忌心中一動：「這小姑娘對我當眞很好，只怕不是尋常的依戀。」他和小昭相處日久，心中也眞不捨得和她分手，笑道：「好，帶便帶你去，大海中暈起船來，可不許叫苦。」小昭大喜，連聲答應，說道：「我要是惹得你不高興，你把我拋下海去餵魚罷！」張無忌笑道：「親親小妹子，我怎捨得？」

他二人萬里同行，有時旅途之際客舍不便，便同臥一室，兩人雖有時兄妹相稱，但小昭自居婢僕，張無忌又從來不說一句戲謔調笑的言語。這時他衝口而出叫了她聲「親親小妹子」，又說了句「我怎捨得」，只是一時情不自禁，見小昭眼波流動，神情嬌羞，自知失言，不由得臉上一紅，轉過了頭望著窗外。

小昭嘆了口氣，自去坐在一邊。張無忌問道：「你為甚麼嘆氣？」小昭道：「你真正捨不得的人多著呢。峨嵋派的周姑娘，汝陽王府的郡主娘娘，將來不知道還有多少。你心中怎會不捨得我這個小丫頭？」

張無忌走到她面前，說道：「小妹子，你一直待我很好，難道我不知道麼？難道我是個忘恩負義、不知好歹的人嗎？」說這兩句話時臉色鄭重，語意誠懇。小昭又害羞，又歡喜，低下了頭道：「我又沒要你對我怎樣，只要你許我永遠服侍你，在你身邊做你的小丫頭，我就心滿意足了。你一晚沒睡，一定倦了，快上床休息一會罷。」說著掀開被窩，服侍他安睡，自去坐在窗下，拈著針線縫衣。

張無忌聽著她手上的鐵鍊偶而發出輕微的錚錚之聲，只覺心中平安喜樂，但覺如此這般天長地久，人生更無他求。過不多時，便合上眼睡著了。

這一睡直到傍晚始醒，他吃了碗麵，說道：「小昭，我帶你去見趙姑娘，借她倚天劍斬斷你手腳上的銬鐐。」兩人走到街上，但見蒙古兵卒騎馬來回奔馳，盤查甚嚴。兩人一聽到馬蹄聲，便縮身在屋角之後，不讓元兵見到，不多時便到了那家小酒店中。

張無忌帶著小昭推門入內，只見趙敏已坐在昨晚飲酒的座頭上，笑吟吟的站起，說道：「張公子眞乃信人。」張無忌見她神色如常，絲毫不以昨晚之事爲忤，暗想：「這位姑娘城府眞深，按理說我派人殺了她父親的愛姬，將她費盡心血捉來的六派高手一齊放了，她必惱怒異常，不料她一如平時，且看她待會如何發作。」見桌上已擺設了兩副杯筷，他欠一欠身，便即就坐，小昭遠遠站著伺候。

張無忌抱拳說道：「趙姑娘，昨晚之事，在下諸多得罪，還祈見諒。」趙敏笑道：「爹爹那韓姬妖妖嬈嬈的，我見了就討厭，多謝你叫人殺了她。我媽儘誇讚你能幹呢，跟我商量怎麼謝你。」張無忌一怔，如此結果，實大出意料之外。趙敏又道：「那些人你救了去也好，反正他們不肯歸降，我留著也沒用。你救了他們，大家一定感激你得緊。當今中原武林，聲望之隆，自沒人再及得上你了。張公子，我敬你一杯！」說著笑盈盈的舉起酒杯。

便在此時，門口走進一個人來，卻是范遙。他先向張無忌行了一禮，再恭恭敬敬的向趙敏拜了下去，說道：「郡主，苦頭陀向你告罪。」趙敏並不還禮，冷冷的道：「苦大師，你瞞得我好苦。你郡主這觔斗栽得可不小啊！」

范遙站起身來，昂然說道：「苦頭陀姓范名遙，乃明教光明右使。朝廷與明教為敵，本人混入汝陽王府，自是有所為而來。過去多承郡主禮敬有加，今日特來作別。」

趙敏仍冷冷的道：「我早知你是位了不起的大人物，卻想不到你在明教之中，竟身居如此高位。你要去便去，又何必如此多禮？」范遙道：「大丈夫行事光明磊落，自今而後，在下即與郡主為敵，若不明白相告，有負郡主平日相待厚意。」

趙敏向張無忌看了一眼，問道：「你到底有甚麼本事，能使手下個個對你這般死心塌地？」張無忌道：「我們是為國為民、為仁俠、為義氣，范右使和我素不相識，可是一見如故，肝膽相照，情若骨肉，只是不枉了兄弟間這個『義』字。」

范遙哈哈一笑，說道：「教主這幾句言語，正說出了屬下的心事。教主，這位郡主娘娘年紀雖輕，卻心狠手辣，大非尋常。你良心太好，是及不上她的！」張無忌道：「是，我自不敢大意。」趙敏笑道：「多謝苦大師稱讚。」

范遙轉身出店，經過小昭身邊時，突然一怔，臉上神色驚愕異常，似乎突然見到甚麼可怕之極的鬼魅一般，失聲叫道：「你……你……」小昭奇道：「怎麼啦？」范遙向她呆望了半晌，搖頭道：「不是的……不是的……我看錯人了。」長嘆一聲，神色黯然，推門走了出去，口中喃喃的道：「真像，真像。」

趙敏與張無忌對望一眼，都不知他說小昭像誰。

忽聽得遠處傳來幾下唿哨之聲，三長兩短，聲音尖銳。張無忌一怔，記得這是峨嵋派招聚同門的訊號，當日在西域遇到滅絕師太等一干人時，曾數次聽到她們以此訊號相互聯絡，尋思：「怎地峨嵋派又回到了大都？莫非遇上了敵人麼？」趙敏道：「那是峨嵋派，似乎遇上了甚麼急事。咱們去瞧瞧，好不好？」張無忌奇道：「你怎知道？」趙敏笑道：「我在西域率人跟了她們四日四夜，這才捉到了滅絕師太，怎會不知？」

張無忌道：「好，咱們便去瞧瞧。趙姑娘，我先求你一件事，要借你的倚天劍一用。」趙敏笑道：「你未借屠龍刀，先向我借倚天劍，算盤倒挺精明。」解下腰間繫著的寶劍，遞了過去。

張無忌拿在手裏，拔劍出鞘，道：「小昭，你過來。」小昭走到他身前，張無忌揮動長劍，嗤嗤嗤幾下輕響，小昭手腳上銬鍊一齊削斷，嗆啷啷跌在地下。小昭下拜道：「多謝教主，多謝郡主。」趙敏微笑道：「好美麗的小姑娘。你教主定是喜歡你得緊了。」小昭臉上一紅，眼中閃耀著喜悅的光芒。

張無忌還劍入鞘，交還趙敏，說道：「多謝了！」只聽得峨嵋派的唿哨聲直往東北方而去，便道：「咱們去罷。」趙敏摸出一小錠銀子拋在桌子，閃身出店，便即快奔。

張無忌怕小昭跟隨不上，右手拉住她手，左手托在她腰間，不即不離的跟在趙敏身後。只奔出十餘丈，便覺小昭身子輕飄飄的，腳步移動也甚迅速，他微覺奇怪，手上收回相助的力道，見小昭仍和自己並肩而行，始終不見落後。雖然他此刻未施上乘輕功，但腳下已算極快，小昭居然仍能跟上。

轉眼之間，趙敏已越過幾條僻靜小路，來到一堵半塌的圍牆外。張無忌聽到牆內隱隱有女子爭執的聲音，知道峨嵋派便在其內，拉著小昭的手越牆而入，黑暗中落地無聲。圍牆內遍地長草，原來是個廢園。趙敏跟著進來，三人伏入草叢。

廢園北隅有個破敗涼亭，亭中影影綽綽的聚集著二十來人，只聽得一個女子聲音說道：「你是本門最年輕的弟子，論資望，說武功，那一樁都輪不到你來做本派掌門……」張無忌認得是丁敏君的語音，在長草叢中伏身而前，走到離涼亭數丈之處，這才停住。此時星光黯淡，瞧出來朦朧一片，他凝神注視，隱約看清楚亭中有男有女，都是峨嵋派弟子，滅絕師太座下的諸大弟子似乎均在其內。左首一人身形修長，青裙曳地，正是周芷若。只聽得丁敏君語聲嚴峻，不住口的道：「你說，你說……」

周芷若緩緩的道：「丁師姊說的是，小妹是本門最年輕的弟子，不論資歷、武功、才幹、品德，那一項都夠不上做掌門。師父命小妹當此大任，小妹原曾一再苦苦推辭，但師父厲言重責，要小妹發下毒誓，不得有負她老人家的囑咐。」峨嵋大弟子靜玄說道：「師父英明，臨終時遺命周師妹繼任掌門，必有深意。大家人人都聽到的。咱們同受師父栽培大恩，自當遵奉她老人家遺志，同心輔佐周師妹，以光本派武德。」

丁敏君冷笑道：「靜玄師姊說師父必有深意，這『必有深意』四字果然說得好。咱們在高塔之上、高塔之下，不是都曾親耳聽到苦頭陀和鶴筆翁大聲叫嚷麼？周師妹的父母是誰，師父為何對她另眼相看，這還不明白麼？」

苦頭陀對鹿杖客說道滅絕師太是他的老情人、周芷若是他二人的私生女兒，只不過是他邪魔外道的古怪脾氣發作、隨口開句玩笑，但鶴筆翁這麼公然叫嚷出來，旁人聽在耳裏，雖未必盡信，難免有幾分疑心。這等男女之私，常人總是寧信其有，不信其無，而滅絕師太對周芷若如此另眼相看，一眾弟子均不明所以，「私生女兒」這四字正是最好的注腳。各人聽了丁敏君這幾句話，都默然不語。

周芷若顫聲道：「丁師姊，你若不服小妹接任掌門，儘可明白言講。你胡言亂語，敗壞師父畢生清譽，罪業不小。小妹先父姓周，乃漢水中一個操舟的船夫，不會絲毫武功。先母薛氏，祖上卻是世家，本是襄陽人氏，襄陽城破之後逃難南下，淪落無依，嫁了先父。小妹蒙武當派張眞人之薦，於九年前引入峨嵋門下，在此以前，從未見過師父一面。你受師父大恩，今日師父撒手西歸，便來說這等言語，這……這……」說到這裏，語音哽咽，淚珠滾滾而下，再也說不下去了。

丁敏君冷笑道：「你想任本派掌門，尚未得同門公認，自己身分未明，便想作威作福，分派我的不是，甚麼敗壞師父清譽，甚麼罪業不小。你想來治我的罪，是不是？我倒要請問：你既受師父之囑繼承掌門，便該即日回歸峨嵋。師父逝世，本派事務千頭萬緒，在在均要掌門人分理。你孤身一人突然不聲不響的回到大都，卻是為何？」

周芷若道：「師父交下一副極重的擔子，放在小妹身上，是以小妹非回大都不可。」丁敏君道：「那是甚麼事？此處除了本派同門，並無外人，你儘可明白言講。」周芷若道：「這是本派最大機密，除本派掌門人之外，不能告知旁人。」

丁敏君冷笑道：「哼，哼！你甚麼都往『掌門人』這三個字上一推，須騙我不倒。我來問你：本派和魔教仇深似海，本派同門不少喪於魔教之手，魔教教眾死於師父倚天劍下的更不計其數。師父所以逝世，便因不肯受那魔教教主一托之故。然則師父屍骨未寒，何以你便悄悄的來尋魔教那個姓張的小淫賊、那個當教主的大魔頭？」

張無忌聽到最後這幾句話時身子不禁一震，便在此時，只覺一根柔膩的手指伸到自己左頰之上，輕輕刮了兩下，正是身旁的趙敏以手指替他刮羞。張無忌滿臉發燙，心想：「難道周姑娘真的是來找我麼？」趙敏覺到他臉上發燒，暗暗好笑，強自忍住，才沒「嘻嘻」的笑了出來。

只聽周芷若囁囁嚅嚅的道：「你……你又來胡說八道了……」丁敏君大聲道：「你還想抵賴？你叫大夥兒先回峨嵋，咱們問你回大都有甚麼事，你偏又吞吞吐吐的不肯說。衆同門情知不對，這才躡在你後面。你向你父親苦頭陀探問小淫賊的所在，當我們不知道麼？你去客店找那小淫賊，當我們不知道麼？」

她左一句「小淫賊」，右一句「小淫賊」，張無忌脾氣再好，卻也不禁著惱，突覺頭頸中有人呵了一口氣，自是趙敏又在取笑了。

丁敏君又道：「你愛找誰說話，愛跟誰相好，旁人原是管不著。但這姓張的小淫賊是本派的死對頭，昨晚衆人在萬安寺中，面臨生死大險，何以你儘含情脈脈的瞧他？這可不是我信口雌黃，這裏衆同門都曾親眼目睹。那日在光明頂上，師父叫你刺他一劍，他居然不閃不避，對你眉花眼笑，而你也對他擠眉弄眼，不痛不癢的輕輕刺了他一下。以倚天劍之利，怎能刺他不死？這中間若無私弊，有誰能信？」

周芷若哭了出來，說道：「誰擠眉弄眼了？你儘說些難聽的言語來誣賴人。」

丁敏君冷笑一聲，道：「我這話難聽，你自己所作所爲，便不怕人說難看了？你的話便好聽了？哼，剛才你怎麼問那客房中的掌櫃來著？『勞你的駕，這裏可有一位姓張的客官嗎？嗯，二十來歲年紀，身裁高高的，或者，他不說姓張，另外說個姓氏。』」她尖著嗓子，學起周芷若慢呑呑的聲調，裝腔作勢，說得加意的妖媚嬌柔，令人聽得毛骨悚然。

張無忌心下惱怒，暗想這丁敏君乃峨嵋派中最爲刁鑽刻薄之人，周芷若柔弱仁懦，萬不是她對手，但若自己挺身而出為周芷若撐腰，一來這是峨嵋派本門事務，外人不便置喙，二來只有使周芷若處境更為不利，眼見她被擠逼得狼狽之極，自己卻束手無策。

峨嵋派中大多數弟子本來都遵從師父遺命，奉周芷若為掌門人，但聽丁敏君辭鋒咄咄，說得入情入理，均想：「師父和魔教結怨太深。周師妹和那魔教教主果是干係非同尋常，倘若她將本派賣給了魔教，那便如何是好？」

只聽丁敏君又道：「周師妹，你由武當派張眞人引入師父門下，那魔教的小淫賊是武當張五俠之子。這中間到底有甚麼古怪陰謀，誰也不知底細。」提高了嗓子又道：「衆位師姊師兄、師妹師弟，師父雖有遺言命周師妹接任掌門，可是她老人家萬萬料想不到，她圓寂之後屍骨未寒，本派掌門人立即便去尋那魔教教主相叙私情。此事和本派存亡興衰干係太大，先師若知今晚之事，她老人家必定另選掌門。師父的遺志乃是要本派光大發揚，決不是要本派覆滅在魔教之手。依小妹之見，咱們須得秉承師父遺志，請周師妹交出掌門鐵指環，咱們另推一位德才兼備、資望武功足為同門表率的師姊，出任本派掌門。」她說了這幾句話後，同門中便有六七人出言附和。

周芷若道：「我受師父之命，接任本派掌門，這鐵指環決不能交。我實在不想當這掌門，可是我曾對師父立下重誓，決不能……決不能有負她老人家的託付。」這幾句話說來半點力道也無，有些同門本來不作左右袒，聽了也不禁暗暗搖頭。

丁敏君厲聲道：「這掌門鐵指環，你不交也得交！本派門規嚴戒欺師滅祖，嚴戒淫邪無恥。你犯了這兩條最最首要的大戒，還能執掌峨嵋門戶麼？」

趙敏將嘴唇湊到張無忌耳邊，低聲道：「你的周姑娘要糟啦！你叫我一聲好姊姊，我便出頭去給她解圍。」張無忌心中一動，知道這位姑娘足智多謀，必有妙策讓周芷若脫困，但她年紀比自己小，這聲「好姊姊」未免太也肉麻，實在叫不出口，正自猶豫，趙敏又道：「你不叫也由得你，我可要走啦。」

張無忌無奈，只得在她耳邊低聲叫道：「好姊姊！」趙敏噗哧一笑，正要長身而起，亭中諸人已然驚覺。丁敏君喝道：「是誰？鬼鬼祟祟的在這裏偷聽！」

突然間牆外傳來幾聲咳嗽，一個清脆的女子聲音說道：「黑夜之中，你峨嵋派在這裏鬼鬼祟祟的幹甚麼？」一陣衣襟帶風之聲掠過空際，涼亭外已多了兩人。

這二人面向月光，張無忌看得分明，一個是佝僂龍鍾的老婦，手持拐杖，正是金花婆婆，另一個是身形婀娜的少女，容貌奇醜，卻是殷野王之女、張無忌的表妹蛛兒殷離。那日韋一笑將蛛兒擒去，還沒上光明頂便寒毒發作，強忍著不吸她熱血，終於不支倒地，後來得周顛救醒，再尋蛛兒時卻已不知去向。張無忌自和她分別以來，常自想念，不料此刻忽爾出現，她是金花婆婆之徒，自當相隨在側。張無忌大喜之下，幾欲出聲招呼。

丁敏君冷冷的道：「金花婆婆，你來幹甚麼？」金花婆婆道：「你師父在那裏？」

丁敏君道：「先師已於昨日圓寂，你在園外聽了這麼久，卻來明知故問。」

金花婆婆失聲道：「啊，滅絕師太已圓寂了！是怎樣死的？為甚麼不等著再見我一面？唉，唉，可惜，可惜……」一句話沒再說得下去，彎了腰不住咳嗽。蛛兒輕輕拍著她背，向丁敏君冷笑道：「誰耐煩來偷聽你們說話？我和婆婆經過這裏，聽得你嘰哩咕嚕的說個不停，我認得你的聲音，這才進來瞧瞧。婆婆問你，你沒聽見麼？你師父是怎樣死的？」丁敏君怒道：「這干你甚麼事？我為甚麼要跟你說？」

金花婆婆舒了口長氣，緩緩的道：「我生平和人動手，只在你師父手下輸過一次，可是那並非武功招數不及，只是擋不了倚天劍的鋒利。這幾年來我發願要找一口利刃，再與你師父一較高下。老婆子走遍了天涯海角，總算不枉了這番苦心，一位故人答應借寶刀給我一用。我打聽得峨嵋派人衆給朝廷囚禁在萬安寺中，有心要去救你師父出來，跟她較量一下眞實本領，豈知今日來到，萬安寺已成一片瓦礫。唉！命中注定，金花婆婆畢生不能再雪此敗之辱。滅絕師太啊滅絕師太，你便不能遲死一天半日嗎？」

丁敏君道：「我師父此刻若在人世，你也不過再多敗一場，叫你輸得死心塌……」

突然間啪啪啪啪，四下清脆的聲響過去，丁敏君目眩頭暈，幾欲摔倒，臉上已讓金花婆婆左右開弓的連擊四掌。別看這老婆婆病骨支離，咳嗽連連，豈知出手迅捷無倫，手法又怪異之極，這四掌打得丁敏君竟沒絲毫抗拒躲閃的餘地。她與丁敏君相距本有兩丈，但頃刻間欺近身去，打了四掌後又即退回，行動直似鬼魅。

丁敏君驚怒交集，立即拔出長劍，搶上前去，指著金花婆婆道：「你這老乞婆，當眞活得不耐煩了？」金花婆婆似沒聽到她辱罵，對她手中長劍也似視而不見，只緩緩的道：「你師父到底是怎麼死的？」語意蕭索，顯得十分心灰意懶。丁敏君長劍的劍尖距她胸口不過三尺，終究不敢便刺了出去，只罵：「老乞婆，我爲甚麼要跟你說？」

金花婆婆長嘆一聲，自言自語：「滅絕師太，你一世英雄，可算得武林中出類拔萃的人物，一旦身故，弟子之中，竟沒一個像樣的人出來接掌門戶嗎？」

靜玄師太走上一步，合掌說道：「貧尼靜玄，參見婆婆。先師圓寂之時，遺命由周芷若周師妹接任掌門。只本派之中尚有若干同門未服。先師既已圓寂，令婆婆難償心願，大數如此，夫復何言？本派掌門未定，不能和婆婆定甚麼約會。但峨嵋乃武林大派，決不能墮了先師威名。婆婆有甚吩咐，便請示下，日後本派掌門自當憑武林規矩和你作個了斷。但若婆婆自恃前輩，逞強欺人，峨嵋派雖然今遭喪師大難，也唯有和你周旋到底，血濺荒園，有死而已。」這一番話侃侃道來，不亢不卑，連張無忌和趙敏也暗暗叫好。

金花婆婆眼中亮光一閃，說道：「原來尊師圓寂之時，已傳下遺命，定下了繼任的掌門人，那好極了。是那一位？便請一見。」語氣已比對丁敏君說話時客氣得多了。

周芷若上前施禮，說道：「婆婆萬福！峨嵋派第四代掌門人周芷若，問婆婆安好。」

丁敏君大聲道：「也不害臊，便自封爲本派第四代掌門人了。」

蛛兒冷笑道：「這位周姊姊爲人很好，我在西域之時，多承周姊姊照料。她不配做掌門人，難道你反配麼？你再在我婆婆面前放肆，瞧我不再賞你幾個嘴巴！」

丁敏君大怒，唰的一劍便向蛛兒分心刺來。蛛兒一斜身，伸掌便往丁敏君臉上擊去。她這身法和金花婆婆一模一樣，但出手之迅捷卻差得遠了。丁敏君立即低頭躲開，她那一劍卻也沒能刺中蛛兒。

金花婆婆笑道：「小妮子，我教了多少次，這麼容易的一招還是沒學會。瞧仔細了！」右手揮去，順手在丁敏君左頰上一掌，反手在她右頰上一掌，跟著又是順手擊左頰，反手擊右頰，這四掌段落分明，人人都瞧得清清楚楚，但丁敏君全身給一股大力籠罩住了，四肢全然動彈不得，面頰連中四掌，絕無招架之能，總算金花婆婆掌上未運勁力，她才沒受到重傷。蛛兒笑道：「婆婆，你這手法我是學會了，就是沒你這股內勁。我再來試試！」丁敏君仍給金花婆婆的內力逼住了，眼見蛛兒這一掌又要打到臉上，氣憤之下，幾欲暈去。

突然間周芷若閃身而上，左手伸出，架開了蛛兒這一掌，說道：「姊姊且住！」轉頭向金花婆婆道：「婆婆，適才我靜玄師姊已說得明白，本派同門武學上雖不及婆婆精湛，卻也不容婆婆肆意欺凌。」金花婆婆笑道：「這姓丁的女子牙尖齒利，口口聲聲的不服你做掌門，你還來代她出頭麼？」周芷若道：「本派門戶之事，不與外人相干。小女子既受先師遺命，雖本領低微，卻也不容外人辱及本派門人。」

金花婆婆笑道：「好，好，好！」只說得三個「好」字，便劇烈咳嗽。蛛兒遞了一粒丸藥過去，金花婆婆接過服下，喘了一陣氣，突然間雙掌齊出，一掌按在周芷若前胸，一掌按在她後心，將她身子平平的夾在雙掌之間，雙掌著手之處，均是致命大穴。

這一招更加怪異之極，周芷若雖功力尚淺，究已得了滅絕師太的三分眞傳，不料莫名其妙的便遭對方制住了前胸後心要穴，只嚇得花容失色，話也說不出來。金花婆婆森然道：「周姑娘，你這掌門人委實稀鬆平常。難道尊師竟將峨嵋派掌門重任，交了給你這麼個嬌滴滴的小姑娘麼？我瞧你呀，多半是胡吹大氣。」

周芷若一定心神，尋思：「她這時手上只須內勁吐出，我心脈立時便給震斷，死於當場。可是我如何能夠墮了師父的威風？」一想到師父，登時勇氣百倍，舉起左手，說道：「這是峨嵋派掌門鐵指環，是先師親手套在我手上，豈有虛假？」

金花婆婆一笑，說道：「剛才你那師姊言道，峨嵋乃武林大派。此話倒也不錯。可是憑你這點兒本領，能做這武林大派的掌門人嗎？我瞧你還是乖乖聽我吩咐的好。」周芷若道：「金花婆婆，先師雖然圓寂，峨嵋派並非就此毀了。我落在你手中，你要殺便殺，若想脅迫我做甚不應爲之事，那叫休想。本派陷于朝廷奸計，被囚高塔，卻有那一個肯降服了？周芷若雖是年輕弱女，既受重任，自知艱巨，早就將生死置之度外。」

張無忌見她胸背要穴俱爲金花婆婆按住，生死已在呼吸之間，兀自如此倔強，只怕金花婆婆一怒，立時便傷了她性命，情急之下，便欲縱出相救。趙敏已猜到他心意，抓住他右臂輕輕一搖，意思說且不用忙。

只聽金花婆婆哈哈一笑，說道：「滅絕師太也不算怎麼走眼啊。你這小掌門武功雖弱，性格兒倒強。嗯，不錯，武功差的可以練好，江山易改，本性難移。」其實周芷若此刻早已害怕得六神無主，不過想著師父臨死時的重託，唯有硬著頭皮，挺立不屈。

峨嵋衆同門本來都瞧不起周芷若，但此刻見她不計私嫌，挺身而出迴護丁敏君，而在強敵挾持之下絲毫不墮本派威名，均起了對她敬佩之意。靜玄長劍一晃，幾聲呼哨，峨嵋羣弟子倏地散開，各出兵刃，團團將涼亭圍住了。

金花婆婆笑道：「怎麼樣？」靜玄道：「婆婆劫持峨嵋掌門，意欲何爲？」金花婆婆咳了幾聲，道：「你們想倚多爲勝？嘿嘿，在我金花婆婆眼下，再多十倍，又有甚麼分別？」突然間放開了周芷若，身形晃處，直欺到靜玄身前，食中兩指，挖向她雙眼。靜玄忙迴劍削她雙臂，只聽得「嘿」的一聲悶哼，身旁已倒了一位同門師妹。金花婆婆明攻靜玄，左足卻踢中了一名峨嵋女弟子腰間穴道。

但見她身形在涼亭周遭滴溜溜的轉動，大袖飛舞，偶爾傳出幾下咳嗽之聲，峨嵋門人長劍齊出，竟沒一劍能刺中她衣衫，但男女弟子卻已有七人給打中穴道倒地。她打穴手法極爲怪異，遭打中的都大聲呼叫。一時廢園中淒厲的叫聲此起彼落，聞之心驚。

金花婆婆雙手一拍，回入涼亭，說道：「周姑娘，你們峨嵋派的武功，比之金花婆婆怎麼樣？」周芷若道：「本派武功當然高於婆婆。當年婆婆敗在先師劍下，難道你忘了麼？」金花婆婆怒道：「滅絕老尼徒仗寶劍之利，又算得甚麼？」

周芷若道：「婆婆憑良心說一句，倘若先師和婆婆空手過招，勝負如何？」

金花婆婆沉吟半晌，道：「不知道。我原想知道尊師和我到底誰強誰弱，是以今日才到大都來。唉！滅絕師太這一圓寂，武林中少了一位高人。前不見古人，後不見來者，峨嵋派從此衰了。」

那七名峨嵋弟子呼號不絕，正似作爲金花婆婆這話的注腳。靜玄等年長弟子用力給他們推宮過血，絲毫不見功效，看來須金花婆婆本人方始解得。

張無忌當年醫治過不少傷在金花婆婆手底的武林健者，知道這老婆婆下手之毒辣，江湖上實所罕有，有心出去相救，轉念又想：「這一來幫了周姑娘，卻得罪了蛛兒。我這個表妹不但對我甚好，且是骨肉至親，我如何可厚此薄彼？」

只聽金花婆婆道：「周姑娘，你服了麼？」周芷若硬著頭皮道：「本派武功深如大海，不能速成。我們年歲尚輕，眼下自不及婆婆，日後進展，卻不可限量。」金花婆婆笑道：「妙極，妙極！金花婆婆就此告辭。待你日後武功不可限量之時，再來解他們的穴道罷。」說著攜了蛛兒之手，轉身便走。

周芷若心想這些同門的苦楚，便一時三刻也是難熬，金花婆婆一走，只怕他們痛也痛死了，忙道：「婆婆慢走。我這幾位同門師姊師兄，還請解救。」金花婆婆道：「要我相救，那也不難。自今而後，金花婆婆和我這徒兒所到之處，峨嵋門人避道而行。」

周芷若心想：「我甫任掌門，立時便遇此大敵。倘若答允了此事，峨嵋派怎麼還能在武林中立足？這峨嵋一派，豈非就此在我手中給毀了？」

金花婆婆見她躊躇不答，笑道：「你不肯墮了峨嵋派的威名，那也罷了。你將倚天劍借我一用，我就解救你的同門。」周芷若道：「本派師徒陷於朝廷奸計，遭囚高塔，這倚天劍怎麼還能在我們手中？」

金花婆婆本已料到此事，借劍之言也不過是萬一的指望，但聽周芷若如此說，臉上還是掠過一絲失望神色，突然厲聲道：「你要保全峨嵋派聲名，便保不住自己性命……」說著從懷中取出一枚丸藥，道：「這是斷腸裂心的毒藥，你吃了下去，我便救人。」

周芷若想起師父的囑咐，柔腸寸斷，尋思：「師父叫我欺騙張公子，此事我原本幹不了，與其活著受那無窮折磨，還不如就此死了，一了百了，甚麼都不管的乾淨。」顫抖著接過毒藥。靜玄喝道：「周師妹，不能吃！」

張無忌見情勢危急，又待躍出阻止，趙敏在他耳邊低聲道：「傻子！假的，不是毒藥。」張無忌一怔之間，周芷若已將丸藥送入了口中咽下。

靜玄等人紛紛呼喝，又要搶上和金花婆婆動手。金花婆婆道：「很好，挺有骨氣！這毒藥麼，藥性一時三刻也不能發作。周姑娘，你跟著我，乖乖的聽話，老婆子一歡喜，說不定便給你解藥。」說著走到那些被打中穴道的峨嵋門人身畔，在每人身上敲拍數下。那幾人疼痛登止，停了叫喊，只四肢酸痲，一時仍不能動彈。這幾人眼見周芷若捨命服毒，相救自己，都十分感激，有人便道：「多謝掌門人！」

金花婆婆拉著周芷若的手，柔聲道：「乖孩子，你跟著我去，婆婆不會難為你。」她想滅絕師太既死，倚天劍又已不在峨嵋派手中，當日在滅絕師太手下輸招之恥難報，便欲將峨嵋掌門擒了去，日後再放，也算是出了胸中一口惡氣。

周芷若尚未回答，只覺一股極大的力道拉著自己，身不由主的便騰躍而起。

靜玄叫道：「周師妹……」搶上欲待攔阻，斜刺裏一縷指風，勁射而至，卻是蛛兒從旁發指相襲。靜玄左掌揮起擋格，不料蛛兒這招乃是虛招，啪的一響，丁敏君臉上已吃了一掌，這「指東打西」，正是金花婆婆的武學。但聽得蛛兒格格嬌笑，已掠牆而出。

張無忌道：「快追！」一手拉著趙敏，一手攜著小昭，三人同時越牆。

靜玄等忽見長草中還躲著三人，無不驚愕。金花婆婆和張無忌的輕功何等高妙，待得峨嵋羣弟子躍上牆頭，六人早已沒入黑暗之中，不知去向。

張無忌等追出十餘丈，金花婆婆腳下絲毫不停，喝道：「峨嵋派弟子居然還有膽子追趕金花婆婆，嘿嘿，了不起！」趙敏低聲對張無忌道：「你先躲著別出手，讓我用倚天劍對付她。」張無忌尚未回答，趙敏已晃身搶上數丈，喝道：「留下本派掌門！」倚天劍劍尖已指到金花婆婆身後。這一招「金頂佛光」，正是峨嵋派劍法的嫡傳，她在萬安寺中從峨嵋派女弟子手中學得，只是並非學自滅絕師太，不免未臻精妙。

金花婆婆聽得背後金刃破風，放開了周芷若，急轉身軀。趙敏手腕抖動，又是一招「千峯競秀」。金花婆婆識得她手中兵刃正是倚天寶劍，又驚又喜，伸手便來搶奪。數招一過，金花婆婆已欺近趙敏身前，手指正要搭上她執劍的手腕，不料趙敏長劍急轉，使出一招崑崙派的劍法「神駝駿足」。

金花婆婆見她是個年輕女子，手持倚天劍，使的又是峨嵋嫡傳劍法，只當她是峨嵋派弟子。金花婆婆爲了對付滅絕師太，於峨嵋派劍法已鑽研數年，見了趙敏出手幾招，料得她功力不過爾爾，此後數招，心中已先行預想明白，這一欺近身去，倚天劍定然手到拿來，豈知這年輕姑娘竟會突然之間使出崑崙派劍法來。金花婆婆若非心中先入爲主，縱是崑崙劍法，也奈何她不得，只這一招來得太過出於意外，她武功雖高，可也給打了個冷不防，忙著地打滾，方始躲開，但左手衣袖已爲劍鋒輕輕帶到，登時削下一大片來。

金花婆婆驚怒之下，欺身再上，見對方武功遠不及自己，便想奪下她手中這口自己想望已久的倚天劍來。趙敏也知自己武功跟她差著一大截，不敢和她拆招，只揮動倚天劍，左刺右劈，東舞西擊，忽而崆峒派劍法，忽而華山派劍法，一招峨嵋派的「金頂夕照」之後，緊跟是一招少林派達摩劍法的「金針渡劫」。每一招均是各派劍法中的精華所在，每一招均具極大威力，再加上倚天劍的鋒銳，金花婆婆驚訝無比，一時竟沒法逼近。蛛兒看得急了，解下腰間長劍，擲給金花婆婆。趙敏疾攻七八劍，到第九劍上，金花婆婆不得不以兵刃招架，嚓的一聲，長劍斷爲兩截。

金花婆婆臉色大變，倒縱數丈，喝道：「小妮子到底是誰？」趙敏笑道：「你怎不使屠龍刀？」金花婆婆怒道：「我若有屠龍刀在手，你豈能擋得了我十招八招？你敢隨我去一試麼？」趙敏笑道：「你能拿到屠龍刀，倒也好了。我只在大都等你，容你去取了刀來再戰。」金花婆婆道：「你轉過頭來，讓我瞧個分明。」趙敏斜過身子，伸出舌頭，左眼閉，右眼開，臉上肌肉扭曲，向她扮個極怪的鬼臉。

金花婆婆大怒，在地下吐了口唾沫，抛下斷劍，攜了蛛兒和周芷若快步而去。

張無忌道：「咱們再追。」趙敏道：「那也不用忙，你跟我來。我包管你的周姑娘安然無恙便是。」張無忌道：「你說甚麼屠龍刀？」

趙敏道：「我聽這老婆子在廢園中說道，她走遍了天涯海角，終於向一位故人借到了一柄寶刀，要和滅絕師太的倚天劍一鬥。『倚天不出，誰與爭鋒？』要和倚天劍爭鋒，就只有屠龍刀了。難道她竟向你義父借到了屠龍刀？我適才仗劍和她相鬥，便是要逼她出刀。可是她手邊又沒寶刀，只叫我隨她去一試。似乎她已知屠龍刀的所在，卻沒法拿來使用。」

張無忌沉吟道：「這倒奇了。」趙敏道：「我料她必去海濱，揚帆出海，前去尋刀。咱們須得趕在頭裏，別讓雙眼已盲、心地仁厚的謝老前輩受這惡毒老婆子欺弄。」

張無忌聽了她最後這句話，胸口熱血上湧，忙道：「是，是！」本來他已和楊逍等人約好，要帶趙敏會同明教羣雄同去冰火島尋訪謝遜，然後借刀，但想到金花婆婆要去跟義父爲難，恨不得插翅趕去相救，自已等不及到慶元路會集楊逍等人。

趙敏帶著兩人來到王府之前，向府門前的衛士囑咐了好一陣。那衛士連聲答應，回身入內，不久便隨同府中總管，牽了九匹駿馬、提了一大包金銀出來。趙敏和張無忌、小昭三人騎了三匹馬，讓另外六匹跟在後面輪流替換，疾馳向東。

次日清晨，九匹馬都已疲累不堪。趙敏向地方官出示汝陽王調動天下兵馬的金牌，再換了九匹坐騎，當日深夜，已馳抵海津鎮（屬今日的天津市），到達海邊的界河口。

趙敏騎馬直入縣城，命縣官急速備好一艘最堅固的大海船，船上舵工、水手、糧食、清水、兵刃、寒衣，一應齊備，除此之外，所有海船立即驅逐向南，海邊五十里之內不許另有一艘海船停泊。汝陽王金牌到處，小小縣官如何敢不奉命唯謹？趙敏和張無忌、小昭三人自在縣衙門中飲酒等候。不到一日，縣官報稱一切均已辦妥。在此同時，張無忌已匆匆寫好一信，說明事急有變，自己和小昭、趙敏先行出海，命楊逍等人毋須等候。再命明教在海津聯絡站的主持，派遣穩妥教眾快馬送去慶元路定海。

三人到海邊看船時，趙敏不由得連連頓足，大叫：「糟了！」原來海邊所停泊的這艘海船船身甚大，船高三層，船頭甲板和左舷右舷均裝鐵砲，卻是蒙古海軍的砲船。當年元世祖時，蒙古大軍兩次遠征日本，大集舟師，不料兩場颶風，將蒙古海軍打得七零八落，東征之舉歸於泡影，但舟艦的規模卻也從那時起遺了下來。趙敏百密一疏，沒想到那縣官竟會加倍巴結，去向水師借了一艘砲船來。這時船中糧食清水俱已齊備，而海邊其餘船隻均已遵奉汝陽王金牌傳令，早向南駛出數十里之外。趙敏苦笑之下，只得囑咐眾水手在砲口上多掛漁網，在船上裝上十幾擔鮮魚，裝作是砲船舊了無用，改作漁船。

趙敏和張無忌、小昭三人換上水手裝束，用油彩抹得臉上黃黃地，再黏上兩撇鼠鬚，更沒半點破綻。三人坐在船中，專等金花婆婆到來。

這位紹敏郡主料事如神，等到次日清晨，果然一輛大車來到海濱，金花婆婆攜著蛛兒和周芷若前來僱船。船上水手早受趙敏囑咐，諸多推託，說道這是一艘舊砲船改裝的漁船，專作捕魚，決不載客，直到金花婆婆取出兩錠黃金作爲船資，船老大方始勉強答應。金花婆婆帶同蛛兒、周芷若上船，便命揚帆向東。

無邊無際的茫茫大海之中，一葉孤舟，向著東南行駛。

舟行兩日，張無忌和趙敏在底艙的窗洞中向外瞧去，只見白天的日頭、晚上的月亮，總是在左舷上升，顯然座船是逕向南行。其時已是初冬天時，北風大作，船帆吃飽了風，行駛甚速。張無忌跟趙敏商量過幾次：「我義父是在極北的冰火島上，咱們去找他，須得北行才是，怎麼反向南去？」趙敏每次總是答道：「這金花婆婆必定另有古怪。何況這時節南風不起，便要北駛，也沒法子。」

到得第六日午後，舵工下艙來向趙敏稟報，說道金花婆婆對這一帶海程甚爲熟悉，甚麼地方有大沙灘，甚麼地方有礁石，竟比這舵工還要清楚。

張無忌突然心念一動，說道：「啊，是了！莫非她是回靈蛇島？」趙敏問道：「甚麼靈蛇島？」張無忌道：「金花婆婆的老家是在靈蛇島。她故世的丈夫叫銀葉先生，靈蛇島金花銀葉，難道你沒聽說過嗎？」趙敏噗哧一笑，說道：「你就大得我幾歲，江湖上的事兒，倒挺內行似的。」張無忌笑道：「明教的邪魔外道，原比朝廷的郡主娘娘多知道些江湖閒事。」他二人本是死敵，各統豪傑，狠狠的打過幾場硬仗，但在海船艙底同處數日之後，言笑不禁，又共與金花婆婆為敵，相互間的隔閡已一天少於一天。

舵工稟報之後，只怕金花婆婆知覺，當即回到後梢掌舵。

趙敏笑道：「大教主，那就煩你將靈蛇島金花銀葉威震江湖的事跡，說些給我這孤陋寡聞的小丫頭聽聽。」張無忌笑道：「說來慚愧，銀葉先生是何等樣人，我一無所知，那位金花婆婆，我卻跟她作過一番對。」

於是將自己如何在蝴蝶谷中跟「蝶谷醫仙」胡青牛學醫，如何各派人眾為金花婆婆整得生死不得、來到蝶谷求醫，如何自己受胡青牛指點而治愈眾人，如何金花婆婆和滅絕師太比武落敗，如何胡青牛、王難姑夫婦終於又死在金花婆婆手下種種情由，一一說了。他想胡青牛脾性雖然怪僻，但對自己實在不錯，想到他夫婦屍體高懸樹梢的情景，不由得眼眶紅了。他將蛛兒要擒自己到靈蛇島去作伴、自己在她手背上咬了一口的事略去了不說。為何省略此節，自己也不知是何緣故，或許覺得頗為不雅罷。

趙敏一聲不響的聽完，臉色鄭重，說道：「初時我只道這老婆婆不過是一位武功極強的高手，原來其中尚有這許多恩怨過節，聽你說來，這老婆婆委實極不好鬥，咱們可千萬大意不得。」張無忌笑道：「郡主娘娘文武雙全，手下又統率著這許多奇材異能之士，對付區區一個金花婆婆，那也是遊刃有餘了。」趙敏笑道：「就可惜茫茫大海之中，沒法召喚我手下的衆武士、諸番僧去。」張無忌道：「這些煮飯的廚子、拉帆的水手，便算不得是江湖上的一流好手，也該算是第二流了罷？」

趙敏一怔，格格笑了起來，說道：「佩服，佩服！大教主果然好眼力，須瞞你不過。」原來她回王府去取金銀馬匹之時，暗中囑咐總管，調動一批下屬，趕到海邊聽由差遣。這些人也是快馬趕程，只比趙敏他們遲到了半天。她所調之人均未參與萬安寺之戰，從沒與張無忌朝過相，分別扮作廚工、水手之屬。但學武之人，神情舉止自然流露，縱然極力掩飾，張無忌瞧在眼中，心裏早已有數。

趙敏聽他這麼一說，暗想他既看了出來，金花婆婆見多識廣，老奸巨猾，更早已識破了機關。好在己方人多勢衆，張無忌武功高強，她識破也好，不識破也好，倘若動手，她連蛛兒在內，終究不過兩人，也不足爲懼。她既不挑破，便不妨繼續假裝下去。

這幾日之中，張無忌最擔心的，是周芷若服了金花婆婆那顆丸藥後毒性是否發作。趙敏知他心意，見他眉頭一皺，便派人到上艙去假作送茶送水，察看動靜，每次回報，均說周姑娘言行如常，一無中毒徵狀。這麼幾次之後，張無忌也有些不好意思了。

他靜坐船艙一角，想到了當日西域雪地中的情境，蛛兒如何陪伴自己，如何爲何太沖、武烈、丁敏君等圍逼之際尚來與自己見上一面，想到自己曾當著何太沖等衆人之面，大聲說道：「姑娘，我誠心誠意願娶你爲妻，盼你別說我不配。」又全心全意的對她說道：「從今而後，我會盡力愛護你，照顧你，不論有多少人來跟你爲難，不論有多麼厲害的人來欺侮你，我寧可自己性命不要，也要保護你周全。我要讓你心裏快活，忘去了從前的苦處。」他想到這幾句話，不禁紅暈上臉。

趙敏忽道：「呸！又在想你的周姑娘了！」張無忌道：「沒有！」趙敏道：「哼，想就想，不想就不想，難道我管得著麼？男子漢大丈夫，撒甚麼謊？」張無忌道：「我幹麼撒謊？我跟你說，我想的不是周姑娘。」趙敏道：「你若是想苦頭陀、韋一笑，臉上不會是這般神情。那幾個又醜又怪的傢伙，你想到他們之時，會這樣又溫柔、又害臊麼？」張無忌不好意思的一笑，道：「你這人也眞厲害得過了份，別人心裏想的人是俊是醜，你也知道。老實跟你說，我這時候想的人哪，偏偏十分之醜。」

趙敏見他說得誠懇，微微一笑，就不再理會。她雖聰明，卻也萬萬料想不到他所思念之人，竟是船艙上層中那個醜女蛛兒。

張無忌想到蛛兒爲了練那「千蛛萬毒手」的陰毒功夫，以致面容浮腫，凹凸不平，那晚廢園重見，唯覺更甚於昔時，言念及此，情不自禁的嘆了口氣，心想她這門邪毒功夫越練越深，只怕身子心靈，兩蒙其害。待得想到那日殷梨亭說起自己墮崖身亡、蛛兒伏地大哭的一番眞情，心下更加感傷。他自到光明頂上之後，日日夜夜，若非忙於練功，便是爲明教奔波，幾時能得安靜下來想想自己的心事？偶爾雖也記掛著蛛兒，也曾向韋一笑查問，也曾請楊逍派人在光明頂四周尋覓，但一直不知下落，此刻心下深深自責：「蛛兒對我這麼好，可是我對她卻如此寡情薄義？何以這些時日之中，我竟全沒將她放在心上？」他自從做了明教教主之後，自己的私事一概都拋之腦後了。

趙敏忽道：「你又在懊悔甚麼了？」張無忌尚未回答，突聽得船面上傳來一陣吆喝之聲，接著便有水手下來稟報：「前面已見陸地，老婆子命我們駛近。」

趙敏與張無忌從窗孔中望出去，只見數里外是個樹木蔥翠的大島，島上奇峯挺拔，聳立著好幾座高山。座船吃飽了風，直駛而前。只一頓飯功夫，已到島前。那島東端山石直降入海，並無淺灘，戰船吃水雖深，卻可泊近岸邊。

戰船停泊未定，猛聽得山岡上傳來一聲大叫，中氣充沛，極是威猛。張無忌驚喜交集，這叫聲熟悉之極，正是義父金毛獅王謝遜所發。一別十餘年，義父雄風如昔，怎不令他心花怒放？當下也不及細思謝遜如何會從極北的冰火島上來到此處，也顧不得給金花婆婆識破本來面目，急步從木梯走上後梢，向傳來叫聲的山岡上望去。

只見四條漢子手執兵刃，正在圍攻一個身形高大之人。那人空手迎敵，正是金毛獅王謝遜。張無忌一瞥之下，便見義父雖然雙目盲了，雖然以一敵四，雖然赤手空拳抵擋四件兵刃，卻絲毫不落下風。他從未見過義父與人動手，此刻只瞧了幾招，心下甚喜：「昔年金毛獅王威震天下，果然名不虛傳。我義父武功尚在韋蝠王之上，足可與我外公並駕齊驅。」那四人武功顯然也頗了得，從船梢仰望山岡，瞧不清四人面目，但見衣衫襤褸，背負布袋，當是丐幫人物。旁邊另有三人站著掠陣。

只聽一人說道：「交出屠龍刀……饒你不死……寶刀換命……」山間勁風將他言語斷斷續續的送將下來，隔得遠了，聽不明白，但已知這干人衆意在劫奪屠龍寶刀。

只聽謝遜哈哈大笑，說道：「屠龍刀在我身邊，丐幫的臭賊，有本事便來取去。」他口中說話，手腳招數半點不緩。

金花婆婆身形一晃，已到了岸上，咳嗽數聲，說道：「丐幫羣俠光降靈蛇島，不來跟老婆子說話，卻去騷擾靈蛇島的貴賓，想幹甚麼？」

張無忌心道：「這裏果然便是靈蛇島，聽金花婆婆言中之意，似乎我義父是她請來的客人？我義父當年無論如何不肯離冰火島回歸中原，怎地金花婆婆一請，他便肯來？金花婆婆又怎知道我義父他老人家的所在？」一霎時心中疑竇叢生。

山岡上那四人聽得本島主人到了，只盼及早拾奪下謝遜，攻得更加緊急。豈知這麼一來，登時犯了武學大忌。謝遜雙眼已盲，全憑從敵人兵刃的風聲中辨位應敵。這四人出手一快，風聲更響，謝遜長笑一聲，砰的一拳，擊中在一人前胸，那人長聲慘呼，從山岡上直墮下來，摔得頭蓋破裂，腦漿四濺。

在旁掠陣的三人中有人喝道：「退開！」輕飄飄的一拳擊了出去，拳力若有若無，教謝遜無法辨明來路。果然拳頭直擊到謝遜身前數寸之處，他才知覺，急忙應招，已手忙腳亂，大爲狼狽。先前打鬥的三人閃身讓開，在旁掠陣的一個老者又加入戰團。此人與先前那人一般打法，也是出掌輕柔。數招一過，謝遜左支右絀，迭遇險招。

金花婆婆喝道：「季長老，鄭長老，金毛獅王眼睛不便，你們使這等卑鄙手段，枉爲江湖上成名的英雄。」她一面說，一面撐著拐杖，走上岡去。別看她顫巍巍的龍鍾支離，似乎讓山風一颳便要摔將下來，可是身形移動竟然極快。但見她拐杖在地下一撐，身子便乘風凌虛般的飄行而前，片刻間已到山腰。蛛兒緊隨在後，卻落後了一大截。

張無忌掛念義父安危，也快步登山。趙敏跟著上來，低聲道：「有這老婆子在，獅王決不會有凶險，你不必出手，隱藏形跡要緊。」張無忌點了點頭，跟在蛛兒身後。這時只看到蛛兒婀娜苗條的背影，若不瞧她面目，何嘗不是個絕色美女，何嘗輸與趙敏、周芷若、小昭三人？他心念一動之下，隨即自責：「張無忌啊張無忌，你義父身處大險，這當口你卻去瞧人家姑娘，心中品評她相貌身裁美是不美？」

四人片刻間到了山岡之巔。只見謝遜雙手出招極短，只守不攻，直至敵人拳腳攻近，才以小擒拿手拆解。這般打法一時可保無虞，但要擊敵取勝，卻也甚難。張無忌站在一棵大松樹下，見義父滿臉皺紋，頭髮已白多黃少，比之當日分手之時已蒼老了許多，想是這十年來獨處荒島，日子過得甚是艱辛，心下不由得難過，胸口一陣激動，忍不住便要代他打發了敵人，上前相認。趙敏知他心意，捏一捏他手掌，搖了搖頭。

只聽金花婆婆說道：「季長老，你的『陰山掌大九式』馳譽江湖，何必鬼鬼祟祟的變作綿掌招式？鄭長老更加不成話了，你將『迴風拂柳拳』暗藏在八卦拳中，金毛獅王謝大俠便不知道了……咳咳……」

謝遜瞧不見敵人招式，對敵時便即吃虧，加之那季鄭二老十分狡獪，出招時故意變式，令他捉摸不定。金花婆婆這一點破，他已胸有成竹，乘著鄭長老拳法欲變不變之際，呼的一拳擊出，正好和鄭長老擊來的一拳相抵。鄭長老退了兩步，方得拿定樁子。季長老從旁揮掌相護，使謝遜無暇追擊。

張無忌瞧這丐幫二長老時，見那季長老矮矮胖胖，滿臉紅光，倒似個肉莊屠夫，那鄭長老卻憔悴枯瘦，面有菜色，才不折不扣似個丐幫人物。兩人背上都負著八隻布袋。遠處站著個三十歲上下的青年，也穿著丐幫服色，但衣衫漿洗得乾乾淨淨，背上竟也負著八隻布袋，以他這等年紀，居然已做到丐幫的八袋長老，可說極爲罕有。忽聽那人說道：「金花婆婆，你明著不助謝遜，這口頭相助，難道不算麼？」

金花婆婆冷冷的道：「閣下也是丐幫中的長老麼？恕老婆子眼拙，倒沒會過。」那人道：「在下新入丐幫不久，婆婆自是不識。在下姓陳，草字友諒。」金花婆婆自言自語：「陳友諒？陳友諒？沒聽見過。」

驀聽得吆喝之聲大作，鄭長老左臂上又中了謝遜一拳，在旁觀鬥的三名丐幫弟子又挺兵刃上前圍攻。這三人武功不及季鄭二長老，本來反而礙手礙腳，但謝遜目盲之後從未和人動手過招，絕無臨敵經驗，今日初逢強敵，敵人在拳腳之中再加上兵刃，聲音混雜，方位難辨，頃刻之間，肩頭中了一拳。

張無忌見情勢危急，正要出手，趙敏低聲道：「金花婆婆豈能不救？」張無忌略一遲疑，只見金花婆婆仍拄著拐杖，微微冷笑，並不上前相援。便在此時，謝遜左腿又給鄭長老重重踢中了一腳。謝遜一個踉蹌，險些兒摔倒。

張無忌手中早已扣好了七粒小石子，這時再也不能忍耐，右手一振，七粒小石子疾飛而出，分擊五人。石子未到，猛見黑光閃動，嗤的一聲響，三件兵刃登時削斷，五個人中有四人給齊胸斬斷，分爲八截，四面八方的摔下山麓，只鄭長老斷了一條右臂，跌倒在地，背心上還嵌了張無忌所發的兩粒石子。那四個遭斬之人身上也均嵌了石子，只是刀斬在先，中石在後，張無忌這一下出手，倒是多餘的了。

這一下變故來得快極，衆人無不心驚。但見謝遜手中握著一柄黑沉沉的大刀，正是號稱「武林至尊」的屠龍寶刀。他橫刀站在山巓，威風凜凜，宛如天神一般。

張無忌自幼便見過這柄大刀，卻沒想到其鋒銳威猛，竟至如斯。

金花婆婆喃喃道：「武林至尊，寶刀屠龍！武林至尊，寶刀屠龍！」

鄭長老一臂斬落，背上又給石子打中，痛得殺豬似的大叫。陳友諒臉色慘白，朗聲道：「謝大俠武功蓋世，佩服，佩服。這位鄭長老請你放下山去，在下抵他一命便是，便請謝大俠動手！」此言一出，衆人盡皆動容，沒料到此人倒也義氣深重。張無忌心中不由得好生敬重。

謝遜道：「陳友諒，嗯，你倒是條好漢，將這姓鄭的抱了去罷，我也不來難爲於你！」陳友諒道：「在下先謝過謝大俠不殺之恩。只丐幫已有五人命喪謝大俠之手，在下十年之內倘若習武有成，當再來了斷今日恩仇。」謝遜心想，自己只須踏上一步，寶刀一揮，此人萬難逃命，在這凶險之極的當口，居然還敢說出日後尋仇的話來，算得極有膽色，便道：「老夫若再活得十年，自當領教。」陳友諒抱拳向金花婆婆行了一禮，說道：「丐幫擅闖貴島，這裏謝罪了！」抱起鄭長老，大踏步走下山去。

金花婆婆向張無忌瞪了一眼，冷冷的道：「你這小老兒好準、好強的打穴手法啊。你爲何一共發了七粒石子？本想一粒打陳友諒，一粒便來打我是不是？」張無忌見她識破了自己扣著七石的原意，卻沒識破自己本來面目，便不回答，只微微一笑。金花婆婆厲聲道：「小老兒，你尊姓大名啊？假扮水手，一路跟著我老婆婆，卻是爲何？在金花婆婆面前弄鬼，你還要性命不要？」張無忌不擅撒謊，一怔之下，答不上來。

趙敏放粗了嗓子說道：「咱們巨鯨幫向在海上找飯吃，做的是沒本錢買賣。老婆婆出的金子多，便送你一趟又待如何？這位兄弟瞧著丐幫恃多欺人，忍不住出手相援，原是好意，沒料到謝大俠武功如此了得，倒顯得我們多事了。」她學的雖是男子聲調，但仍不免尖聲尖氣，聽來十分刺耳。只是她化裝精妙，活脫是個黃皮精瘦的老兒，金花婆婆倒也沒瞧出破綻。

謝遜左手一揮，說道：「多謝了！唉，金毛獅王虎落平陽，今日反要巨鯨幫相助。一別江湖二十載，武林中能人輩出，我何必還要回來？」說到最後這幾句話時，語調中充滿了意氣消沉、感慨傷懷之情。適才張無忌手發七石，勁力之強，世所罕有，謝遜聽得清清楚楚，既震驚武林中有這等高手，又自傷今日全仗屠龍刀之助，方得脫困於宵小的圍攻，回思二十餘年前王盤山氣懾羣豪的雄風，當眞如同隔世。

金花婆婆道：「謝三哥，我知你不喜旁人相助，是以沒出手，你不見怪罷？」張無忌聽她竟然稱他義父爲「三哥」，心中微覺詫異，他不知義父排行第三，而瞧金花婆婆的年紀，顯然又較他義父爲老。只聽謝遜道：「有甚麼見怪不見怪？你這次回去中原，可探聽到了我那無忌孩兒甚麼訊息？」

張無忌心頭一震，只覺一隻柔軟的手掌伸了過來緊緊的握住他手，知道趙敏不欲自己於此刻上前相認，適才沒聽她話，貿然發石相援，已然冒昧，只因關切太過，不能讓謝遜受人欺凌，此刻忍得一時，卻無關礙。

金花婆婆道：「沒有！」謝遜長嘆一聲，隔了半晌，才道：「韓夫人，咱們兄妹一場，你可不能騙我瞎子。我那無忌孩兒，當眞還活在世上麼？」

金花婆婆遲疑未答。蛛兒突然說道：「謝大俠……」金花婆婆左手伸出，緊緊扣住她手腕，瞪眼相視，蛛兒便不敢再說下去了。謝遜道：「殷姑娘，你說，你說！你婆婆在騙我，是不是？」蛛兒兩行眼淚從臉頰上流了下來。金花婆婆右掌舉起，放在她頭頂，只須蛛兒一言說得不合她心意，內力一吐，立時便取了她性命。蛛兒道：「謝大俠，我婆婆沒騙你。這一次我們去中原，沒打聽到張無忌的訊息。」金花婆婆聽她這麼說，右掌便即提起，離開了她腦門，但左手仍扣著她手腕。

謝遜道：「那麼你們打聽到了甚麼消息？明教怎樣了？咱們那些故人怎麼樣？」

金花婆婆道：「不知道。江湖上的事，我沒去打聽。我只是要去找害死我丈夫的番僧算帳，還要找峨嵋派的滅絕老尼，報那一劍之仇，其餘的事，老婆子也沒放在心上。」

謝遜怒道：「好啊，韓夫人，那日你在冰火島上，對我怎樣說來？你說我張五弟夫婦為了不肯吐露我藏身的所在，在武當山上給人逼得雙雙自刎；我那無忌孩兒成為沒人照料的孤兒，流落江湖，到處受人欺凌，慘不堪言，是也不是？」金花婆婆道：「不錯！」謝遜道：「你說他遭人打了一掌玄冥神掌，日夜苦受煎熬。你在蝴蝶谷中曾親眼見過他，要他到靈蛇島來，他卻執意不肯，是不是？」金花婆婆道：「不錯！我若騙了你，天誅地滅，金花婆婆比江湖上的下三濫還不如，我死了的丈夫在地下也不得安穩。」

謝遜點點頭，道：「殷姑娘，你當眞見過無忌？」蛛兒道：「是啊！那天我苦勸他來靈蛇島，他非但不聽，反而咬了我一口。我手背上牙齒痕還在，決不是假的。我……我好生記掛他。」

趙敏抓著張無忌的手掌忽地一緊，雙目凝視著他，眼光中露出又取笑、又怨懟的神色，意思似說：「你騙得我好！原來這姑娘先識得你，你們中間還有過這許多糾葛過節。」張無忌臉上一紅，想起蛛兒對自己的一番古怪情意，心中又甜蜜，又酸苦。

突然之間，趙敏抓起張無忌的手來，提到口邊，在他手背上狠狠的咬了一口。張無忌手背登時鮮血迸流，體內九陽神功自然而然生出抵禦之力，一彈之下，將趙敏的嘴角都震破了，也流出血來。但兩人都忍住了不叫出聲。張無忌眼望趙敏，不知她爲何突然咬自己一口，卻見她眼光中滿是笑意，柔情脈脈，盈盈欲滴，張無忌從她的黃臉假鬚之後，心中見到了她的艷麗嬌美。

謝遜道：「好啊！韓夫人，我只因掛念我無忌孩兒孤苦，這才萬里迢迢的離了冰火島重回中原。你答允我去探訪無忌，卻何以不守諾言？」張無忌眼中的淚水滾來滾去，此時才知義父明知遍地仇家、仍不避凶險的回到中原，全是爲了自己。

金花婆婆道：「當日咱們說好了，我爲你尋訪張無忌，你便借屠龍刀給我。謝三哥，你借刀於我，老婆子言出如山，自當爲你探訪這少年的確實音訊。」謝遜搖頭道：「你先將無忌領來，我自然借刀與你。」金花婆婆冷冷的道：「你信不過我麼？」謝遜道：「世上之事，難說得很。親如父子兄弟，也有信不過的時候。」

張無忌知他想起了成崑的往事，心中又一陣難過。

金花婆婆道：「那麼你定是不肯先借刀的了？」謝遜道：「我放了丐幫的陳友諒下山，從此靈蛇島上再無寧日，不知武林中將有多少仇家會來跟我爲難。金毛獅王早已非復當年，除了這柄屠龍刀外，再也別無倚仗，嘿嘿……」他突然冷笑數聲，說道：「韓夫人，適才那五人向我圍攻，連那位巨鯨幫的好漢，也知手中扣上七枚石子，難道你心中不是存著害我之意麼？你是盼望我命喪丐幫手底，然後再來撿這現成便宜。謝遜眼睛雖瞎，心可沒瞎。韓夫人，我再請問你，謝遜到你靈蛇島來，此事十分隱秘，何以丐幫卻知道了？」金花婆婆道：「我正要好好的查個明白。」

謝遜伸手在屠龍刀上一彈，收入長袍之下，說道：「你不肯爲我探訪無忌，也只好由你。謝遜唯有重入江湖，再鬧個天翻地覆。」說罷仰天一聲清嘯，縱身而起，從西邊山坡上走了下去。但見他腳步迅捷，直向島北一座山峯走去。

那山頂上孤零零的蓋著一所茅屋，想來他便住在那裏。

金花婆婆等謝遜走遠，回頭向張無忌和趙敏瞪了一眼，喝道：「滾下去！」

趙敏拉著張無忌的手，當即下山，回到船中。張無忌道：「我要瞧義父去。」趙敏道：「當你義父離去之時，金花婆婆目露兇光，你沒瞧見麼？」張無忌道：「我也不怕她。」趙敏道：「我瞧這島中藏著許多詭秘之事。丐幫人眾何以會到靈蛇島來？金花婆婆如何得知你義父的所在？她如何能找到冰火島去？這中間實有許多不解之處。你去將金花婆婆一掌打死，原也不難，可是那就甚麼也不明白了。」張無忌道：「我並不想打死金花婆婆，但義父想得我好苦，我立刻要去見他。」

趙敏搖頭道：「別了十年啦，也不爭再等一兩天。張公子，我跟你說，咱們固然要防金花婆婆，可是也得防那陳友諒。」張無忌道：「那陳友諒麼？此人很重義氣，倒是條漢子。」趙敏道：「你心中眞這麼想？沒騙我麼？」張無忌奇道：「騙你甚麼？這陳友諒甘心代鄭長老一死，就很難得。」

趙敏一雙妙目凝視著他，嘆了口氣，道：「張公子啊張公子，你是明教教主，要統率多少桀驁不馴的英雄豪傑，謀幹多少大事，如此容易受人之欺，那如何得了？」張無忌奇道：「受人之欺？」趙敏道：「這陳友諒明明欺騙了謝大俠，你雙眼瞧得清清楚楚，怎會看不出來？」張無忌跳了起來，心中不憤，問道：「他騙我義父？」

趙敏道：「當時謝大俠屠龍刀一揮，丐幫高手四死一傷，那陳友諒武功再高，未必能逃得過寶刀的一割。身當此境，不是上前拚命送死，便是跪地求饒。可是你想，謝大俠不願自己行蹤爲人知曉，陳友諒再磕三百個響頭，也未必能哀求得謝大俠心軟，除了假裝仁俠重義，難道還有其他更好的法子？」她一面說，一面在張無忌手背傷口上敷了一層藥膏，用自己的手帕爲他包紮。

張無忌聽她解釋陳友諒的處境，果然一點不錯，可是回想當時陳友諒慷慨陳辭，語氣中實無半點虛假，仍將信將疑。趙敏又道：「好，我再問你：那陳友諒對謝大俠說這幾句話之時，他兩隻手怎樣，兩隻腳怎樣？」

張無忌那時聽著陳友諒說話，時而瞧瞧他臉，時而瞧瞧義父的臉色，沒留神陳友諒手腳如何，但他全身姿勢其實均已瞧在眼中，旁人不提，他也不會重行念及，此刻聽趙敏問起，當時的情景便重新映入腦海，說道：「嗯，那陳友諒右手略舉，左手橫擺，那是一招『獅子搏兔』。他兩隻腳麼？嗯，是了，這是『降魔踢斗式』。那都是少林派的拳法，但也算不得是甚麼了不起的招數。難道他假裝向我義父求情，其實是意欲偷襲麼？那可不對啊，這兩下招式不管用。」

趙敏冷笑道：「張公子，你於世上的人心險惡，可真明白得太少。諒那陳友諒有多大武功，他向謝大俠偷襲，焉能得手？此人聰明機警，乃第一等人才，當有自知之明。倘若他假裝義氣深重的鬼蜮伎倆給謝大俠識破了，不肯饒他性命，依他當時所站位置，這一招『降魔踢斗式』踢的是誰？一招『獅子搏兔』搏的是那一個？」

張無忌只因對人處處往好的一端去想，沒去深思陳友諒的詭計，經趙敏這麼一提，腦海中一閃，背上竟微微出了一些冷汗，顫聲道：「他……他這一腳踢的是躺在地下的鄭長老，出手去抓的是殷姑娘。」

趙敏嫣然一笑，說道：「對啦！他一腳踢起鄭長老往謝大俠身前飛去，再抓著那位跟你青梅竹馬、結下嚙手之盟的殷姑娘，往謝大俠身前推去，這麼緩得一緩，他便有機可乘，或者能逃得性命。雖然謝大俠神功蓋世，手有寶刀，此計未必能售，但除此之外，更無別法。倘若是我，所作所為也只能如此這般。我一直要另想別策，可是直到現下，仍想不出旁的更好法子。此人在頃刻之間機變如此，當眞是位了不起的人物！」說著不禁連連讚嘆。

張無忌越想越心寒，世上人心險詐，他自小便經歷得多了，但像陳友諒那樣厲害，倒也少見，過了半晌，說道：「趙姑娘，你一眼便識破了他的機關，比他更爲了得。」

趙敏臉一沉，道：「你譏刺我麼？我跟你說，你如怕我用心險惡，不如遠遠的避開我爲妙。」張無忌笑道：「那也不必。你對我所使詭計已多，我事事會防著些兒。」趙敏微微一笑，說道：「你防得了麼？怎麼你手背上給我下了毒藥，也不知道呢？」

張無忌一驚，果覺傷口中微感痲癢，忙撕下手帕，伸手背到鼻端一嗅，叫道：「啊喲！」知道是給搽上了「去腐消肌膏」，那是外科中用以爛去腐肉的消蝕藥膏，雖非毒藥，但塗在手上，給她咬出的齒痕不免要爛得更加深了。這藥膏本有些微的辛辣之氣，趙敏在其中調了些胭脂，再用自己的手帕給他包紮，香氣掩過了藥氣，教他不致發覺。張無忌忙奔到船尾，倒些清水來擦洗乾淨。趙敏跟在身後，笑吟吟的助他擦洗。張無忌在她肩頭上輕輕一推，惱道：「別走近我，這般惡作劇幹麼？難道人家不痛麼？」

趙敏格格笑了起來，說道：「當眞是狗咬呂洞賓，不識好人心。我怕你痛得厲害，才用這法子。」張無忌不去理她，氣憤憤的自行回到船艙，閉上了眼睛。趙敏跟了進來，叫道：「張公子！」張無忌假裝睡著，趙敏又叫了兩聲，他索性打起呼來。趙敏嘆道：「早知如此，我索性塗上毒藥，取了你的狗命，勝於給你不理不睬。」

張無忌睜開眼來，問道：「我怎地是狗咬呂洞賓、不識好人心了？你且說說。」

趙敏笑道：「我若說得你服，你便如何？」張無忌道：「你慣會強辭奪理，我自然辯你不過。」趙敏笑道：「你還沒聽我說，心下早便虛了，早知我是對你一番好意。」

張無忌「呸」了一聲道：「天下有這等好意！咬傷了我手背，不來賠個不是，那也罷了，再跟我塗上些毒藥，我寧可少受些你這等好意。」趙敏道：「嗯，我問你：是我咬你這口深呢，還是你咬殷姑娘那口深？」張無忌臉上一紅，道：「那……那是很久以前的事了，提它幹麼？」趙敏道：「我偏要提。我在問你，你別顧左右而言他。」

張無忌道：「就算是我咬殷姑娘那口深。可是那時候她抓住了我，我當時武功不及她，怎麼也擺脫不了，小孩子心中急起來，只好咬人。你又不是小孩子，我也沒抓住你，要你到靈蛇島來？」

趙敏笑道：「這就奇了。當時她抓住了你，要你到靈蛇島來，你死也不肯來。怎地現下人家沒請你，你卻又巴巴的跟了來？畢竟是人大心大，甚麼也變了。」張無忌臉上又一紅，笑道：「這是你叫我來的！」趙敏聽了這話，臉也紅了，心中感到一陣甜意。

張無忌那句話似乎是說：「她叫我來，我死也不肯來。你叫我來，我便來了。」

兩人半晌不語，眼光一相對，忙都避了開去。

趙敏低下了頭，輕聲道：「好罷！我跟你說，當年你咬了殷姑娘一口，她隔了這麼久，仍念念不忘於你，我聽她說話的口氣啊，只怕一輩子也忘不了。我也咬你一口，也要叫你一輩子忘不了我。」張無忌聽到這裏，才明白她的深意，心中感動，卻說不出話來。

趙敏又道：「我瞧她手背上的傷痕，你這一口咬得很深。我想你咬得深，她也記得深。要是我也重重的咬你一口，卻狠不了這個心；咬得輕了，只怕你將來忘了我。左思右想，只好先咬你一下，再塗『去腐消肌膏』，把那些牙齒印兒爛得深些。」

張無忌先覺好笑，隨即想到她此舉雖然異想天開，終究是對自己一番深情，嘆了口氣，輕聲道：「我不怪你了。算是我狗咬呂洞賓，不識好人心。你待我如此，用不著這麼，我也決不會忘。」

趙敏本來柔情脈脈，一聽此言，眼光中又露出狡獪頑皮之意，笑道：「你說：『你待我如此』，是說我待你如此不好呢，還是如此之好？張公子，我待你不好的事情很多，待你好的，卻沒一件。」張無忌道：「以後你多待我好一些，那就成了。」握住她左手放到口邊，笑道：「我也來狠狠的咬上一口，教你一輩子也忘不了我。」

趙敏突然一陣嬌羞，甩脫了他手，奔出艙去，一開艙門，險些與小昭撞了個滿懷。趙敏吃了一驚，暗想：「糟糕！我跟他這些言語，莫要都讓這小丫頭聽去啦，那可羞死人了！」不由得滿臉通紅，奔上了甲板。

小昭走到張無忌身前，說道：「教主，我見金花婆婆和那醜姑娘從那邊走過，兩人都負著一隻大袋子，不知要搗甚麼鬼。」

張無忌嗯了一聲，他適才和趙敏說笑，漸涉於私，突然見到小昭，不免有些羞慚，又微感內咎，有點兒對這小妹子不起，心想小妹子其實對我更好，可是我從來沒對她這般說到了心坎兒裏去。他楞了一楞，才道：「是不是走向島北那山上的小屋？」小昭道：「不是，她二人一路向北，但沒上山，似乎在爭辯甚麼。那金花婆婆好像很生氣的樣子。」

張無忌走到船尾，遙遙瞧見趙敏俏立船頭，眼望大海，只不轉過身來，但聽得海中波濤忽喇忽喇的打在船邊，他心中也如波浪起伏，難以平靜。良久良久，眼見太陽從西邊海波中沒了下去，島上樹木山峯漸漸的陰暗朦朧，這才回進船艙。

張無忌用過晚飯，對趙敏和小昭道：「我去探探義父，你們守在船裏罷，免得人多了給金花婆婆驚覺。」趙敏道：「那你索性再等一個更次，待天色全黑再去。」張無忌道：「是。」他惦記義父，心熱如沸，這一個更次可著實難熬。好容易等得四下裏一片漆黑，他站起身來，向趙敏和小昭微微一笑，走向艙門。

趙敏解下腰間倚天劍，道：「張公子，你帶了此劍防身。」張無忌一怔，道：「你帶著的好。」趙敏道：「不！你此去我有點兒躭心。」張無忌笑道：「躭心甚麼？」趙敏道：「我也說不上來。金花婆婆詭秘難測，陳友諒鬼計多端，又不知你義父是否相信你就是他那『無忌孩兒』……唉，此島號稱『靈蛇』，說不定島上有甚麼厲害的毒物，更何況……」她說到這裏，住口不說了。張無忌道：「更何況甚麼？」趙敏舉起自己手來，在口唇邊做個一咬的姿勢，嘻嘻一笑，不由得臉兒紅了。張無忌知她說的是他表妹殷離，擺了擺手，走出艙門。

趙敏叫道：「接著！」將倚天劍擲了過去。張無忌接住劍身，心頭又是一熱：「她對我這等放心，竟連倚天劍也借了給我。」

他將劍插入腰帶，提氣便往島北那山峯奔去。他記著趙敏的話，生怕草中藏有蛇蟲毒物，只往光禿禿的山石上落腳。只一盞茶功夫，已奔到山峯腳下，抬頭望去，見峯頂那茅屋黑沉沉的並無燈火，心想：「義父已安睡了麼？」但隨即想起：「他老人家雙目已盲，要燈火何用？」便在此時，隱隱聽得左首山腰中傳來說話聲音。他伏低身子，尋聲而往，聲音卻又聽不見了。

這時一陣朔風自北吹來，颳得草木獵獵作響，張無忌乘著風聲，快步疾進，只聽得前面四五丈外，金花婆婆壓低著嗓子道：「還不動手？延延挨挨的幹甚麼？」殷離道：「婆婆，你這麼幹，似乎……似乎對不起老朋友。謝大俠跟你數十年的交情，他信得過你，才從冰火島回歸中原。」金花婆婆冷笑道：「他信得過我？眞笑話奇談了。他如信得過我，幹麼不肯借刀於我？他回歸中原，只是要找尋義子，跟我有甚相干？」

黑暗之中，依稀見到金花婆婆佝僂著身子，忽然叮的一聲輕響，她身前發出一下金鐵和山石撞擊之聲，過了一會，又是這麼一響。張無忌大奇，但生怕給二人發覺，不敢再走近瞧個明白。只聽殷離道：「婆婆，你要奪他寶刀，明刀明槍的交戰，還不失爲英雄行逕。眼下之事倘若傳揚出去，豈不爲天下好漢恥笑？那滅絕師太已經死了，你又要屠龍刀何用？」

金花婆婆大怒，伸直了身子，厲聲道：「小丫頭，當年是誰在你父親掌底救了你的小命？現下人大了，就不聽婆婆吩咐！這謝遜跟你非親非故，何以要你一鼓勁兒的護著他？你倒說來聽聽。」她語氣嚴峻，嗓音卻低，似乎生怕讓峯頂的謝遜聽到了，其實峯頂和此處相距極遠，只要不是以內力傳送，便高聲呼喊，也未必能聽到。

殷離將手中拿著的一袋物事往地下一摔，嗆啷啷一陣響亮，跟著退開了三步。

金花婆婆厲聲道：「怎樣？你羽毛豐了，便想飛了，是不是？」張無忌雖在黑暗之中，仍可見到她晶亮的目光如冷電般威勢迫人。殷離道：「婆婆，我決不敢忘你救我性命、教我武藝的大恩。可是謝大俠是他……是他的義父啊。」金花婆婆哈哈一聲乾笑，說道：「天下竟有你這等痴丫頭！那姓張的小子摔在西域萬丈深谷之中，那是你親耳聽到武烈、武青嬰他們說的。你還不死心，硬將他們擄了來，詳加拷問，他們一切說得明明白白了，難道這中間還有假的？這會兒那姓張的小子屍骨都化成灰啦，你還念念不忘於他。」

殷離道：「婆婆，我心中可就撇不下他。也許，這就是你說的甚麼……甚麼前世的冤孽！」金花婆婆嘆了口氣，說道：「別說當年這孩子不肯跟咱們到靈蛇島來，就算跟你成了夫妻，他死也死了，又待怎地？幸虧他死得早，要是這當口還不死啊，見到你這般模樣，又怎能愛你？你眼睜睜的瞧著他愛上別個女子，心中怎樣？」這幾句話語氣已大轉溫和。

殷離默默不語，顯是無言可答。金花婆婆又道：「別說旁人，單是咱們擒來的那個峨嵋派周姑娘，這般美貌，那姓張的小子見了非動心不可。那時你要殺了周姑娘呢，還是殺了那小子？哼哼，你倘若不練這千蛛萬毒手，原是個絕色佳人，現在啊，可甚麼都完啦！」殷離道：「他人已死了，我相貌也毀了，還有甚麼可說的？可是謝大俠既是他義父，婆婆，咱們便不能動他一根寒毛。婆婆，我只求你這件事，另外我甚麼也聽你的話。」說著當即跪倒。

張無忌暗自詫異：「我新任明教教主，早已轟傳武林，怎地她二人卻一無所知？嗯，是了，想是她二人遠赴冰火島接回我義父，來回躭擱甚久，這次前往大都，一到即回，又跟誰也沒來往，因之對我名字全無所聞。」

金花婆婆沉吟片刻，道：「好，你起來！」殷離喜道：「多謝婆婆！」金花婆婆道：「我答允你不傷他性命，但那柄屠龍刀我卻非取不可。」殷離道：「可是……」金花婆婆截斷她話頭，喝道：「別再囉裏囉唆，惹得婆婆生氣。」手一揚，叮的又是一響。但見她雙手連揚，漸漸走遠，叮叮之聲不絕於耳。殷離抱頭坐在一塊石上，輕輕啜泣。

張無忌見她對自己竟如此一往情深，心下激動萬分，不由得熱淚盈眶。

過了一會，金花婆婆在十餘丈外喝道：「拿來！」殷離無可奈何，只得提了兩隻布袋，走向金花婆婆身旁。

張無忌走上幾步，低頭看時，一驚非同小可，只見地下每隔兩三尺，便是一根七八寸長的鋼針揷在山石之中，向上的一端尖利異常，閃閃生光。他越想越心驚，金花婆婆顯然要去邀鬥他義父謝遜，卻生怕不敵，倘若發射暗器，謝遜聽風辨器，自可躲得了，但在地下預布鋼針，無聲無息，只須引得他進入針地，雙目失明之人如何能夠抵擋？他忍不住怒氣勃發，伸手便想拔出鋼針，挑破她的陰謀，轉念一想：「這惡婆叫我義父爲謝三哥，昔日兩人的交情必定非同尋常。且待她先和我義父破臉，我再來揭破她鬼計。今日老天旣教我張無忌在此，決不致讓義父受到損傷。」

當下抱膝坐在石後，靜觀其變。忽聽得山風聲中，有如落葉掠地，有個輕功高強之人悄悄欺近，轉頭瞧去，只見一人躱躱閃閃的走來，正是那丐幫長老陳友諒，手執彎刀，卻用布套套著刀身，遮住刀光。他暗想趙敏所料不錯，此人果非善類。

只聽得金花婆婆長聲叫道：「謝三哥，有不怕死的狗賊找你來啦！」

張無忌吃了一驚，心想金花婆婆好生厲害，難道我的蹤跡讓她發見了？按理說決不致於。只見陳友諒伏身在長草之中，更一動也不敢動。張無忌幾個起落，又向前搶出數丈，他要離義父越近越好，以防金花婆婆突施詭計，救援不及。

過不多時，一個高大的人影從山頂小屋中走了出來，正是謝遜，緩步下山，走到離金花婆婆數丈處站定，一言不發。

金花婆婆道：「嘿嘿，謝三哥，你對故人步步提防，對外人卻十分輕信。你白天放了的陳友諒，這會兒又來找你啦。」謝遜冷冷的道：「明槍易躲，暗箭難防。謝遜一生只吃自己人的虧。那陳友諒幹麼又來找我？」

金花婆婆道：「這等奸猾小人，理他作甚？白天你饒他性命之時，你可知他手上腳下擺的是甚麼招式？他雙手擺的是『獅子搏兔』，腳下蓄勢蘊力，乃是一招『降魔踢斗式』，哈哈！」她說話清脆動聽，但笑聲卻似梟啼，深宵之中，更顯悽厲。

謝遜一怔，已知金花婆婆所言不虛，只因自己眼盲，竟上了陳友諒的當。他淡淡的道：「謝遜受人之欺，已非首次。此輩宵小，江湖上要多少有多少，多殺一個，少殺一個，有何分別？韓夫人，你也算是我好朋友，當時不說，這時候再來說給我聽，是存心氣我來著？」說到這裏，突然間縱身而起，迅捷無倫的撲到陳友諒身前。

陳友諒大駭，揮刀劈去。謝遜左手一拗，將他手中彎刀奪過，順手擲地，跟著啪啪啪，連打他三個耳光，右手抓住他後頸提起，說道：「我此刻殺你，如同殺鷄，不過謝遜有言在先，許你十年之後再來找我。你再教我在此島上撞見，當場便取你狗命。」一揮手，將他遠遠擲了出去。

眼見那陳友諒落身之處，正是插滿了尖針的所在，他這一落下，身受針刺，金花婆婆布置了一夜的奸計立時破敗。她飛身而前，伸拐杖在他腰間一挑，將他又送出數丈，喝道：「你再敢踏上我靈蛇島一步，我殺你丐幫一百名化子。金花婆婆說過的話向來作數，今日先賞你一朶金花。」左手一揚，黃光微閃，噗的一聲，一朶金花已打在陳友諒左頰的「頰車穴」上，令他一時說不出話來，以免洩漏機密。

陳友諒按住左頰，急奔下山而去。此時謝遜相距尖針陣已不過數丈，張無忌反而在他身後。張無忌內功高出陳友諒遠甚，屏住呼吸，謝遜和金花婆婆均不知他伏身在旁。

金花婆婆回身讚道：「謝三哥，你以耳代目，不減其明，此後重振雄風，可再在江湖上縱橫二十年。」謝遜道：「我可聽不出『獅子搏兔』和『降魔踢斗式』。只要得知無忌孩兒的確訊，我已死也瞑目。謝遜身上血債如山，死得再慘也是應該，還說甚麼縱橫江湖？」

金花婆婆笑道：「明教護教法王，殺幾個人又算甚麼？謝三哥，你的屠龍刀借我一用罷。」謝遜搖頭不答。金花婆婆又道：「此處形跡已露，你也不能再住。我另行覓個隱僻所在，送你去小住數月，待我持屠龍刀去勝了峨嵋派的大敵，絕對盡全力爲你探訪張公子下落。憑我的本事，要將張公子帶到你面前，當非難事。」謝遜又搖了搖頭。

金花婆婆道：「謝三哥，你還記得『四大法王，紫白金青』這八個字麼？想當年咱們在陽教主手下，鷹王殷二哥，蝠王韋四哥，再加你我二人，橫行天下，有誰能擋？今日虎老雄心在，你能讓紫衫老妹子任由人欺，不加援手麼？」

張無忌大吃一驚：「聽她這話，莫非她竟是本教四大法王之首的紫衫龍王？天下焉有這等奇事？怎麼她連韋蝠王也叫『四哥』？」

只聽謝遜喟然道：「這些舊事，還提他作甚？老了，大家都老了！」

金花婆婆道：「謝三哥，我老眼未花，難道看不出三十年來你武功大進？你又何必謙虛？咱們在這世上也沒多少時候好活了，依我說啊，明教四大法王乘著沒死，該當聯手江湖，再轟轟烈烈的幹一番事業。」謝遜嘆道：「殷二哥年紀大了，韋四弟身上寒毒難除，這時候未必還活著。」金花婆婆笑道：「這個你可錯了。我老實跟你說，白眉鷹王和青翼蝠王，眼下都在光明頂上。」謝遜奇道：「他們又回光明頂？那幹甚麼？」金花婆婆道：「這是阿離親眼所見。阿離便是殷二哥的親孫女，她得罪了父親，她父親要殺她。第一次是我救了她，第二次是韋四哥所救。韋四哥帶她上光明頂去，中途又給我悄悄偷了出來。阿離，你將六大門派如何圍攻光明頂，跟謝公公說說。」

殷離於是將在西域所見之事簡略的說了，只是她未上光明頂就給金花婆婆擄回，以後光明頂上的一干事故就全然不知。

謝遜越聽越焦急，連問：「後來怎樣？後來怎樣？」終於怒道：「韓夫人，你雖因婚姻之事和衆兄弟不和，但本教有難，你怎能袖手旁觀？陽教主是你義父，他當年如何待你，你全不放在心上了？你瞧殷二哥和韋四弟、五散人和五行旗，不是同赴光明頂出力麼？」金花婆婆冷冷的道：「我取不到屠龍刀，終究是峨嵋派滅絕老尼的手下敗將，便到光明頂上，也沒面目再跟她動手，去了還不是白饒？」

兩人相對默然。過了一會，謝遜問道：「你當日如何得知我的所在，何以始終不肯明言？是武當派的人說的麼？」金花婆婆道：「武當派的人怎知道？張翠山夫婦受諸派勒逼，寧可自刎，也不肯吐露你藏身之所，武當門下自然不知。好，今日我甚麼也不必瞞你，我在西域撞到一個名叫武烈的人，他是當年大理段家傳人武三通的子孫，陰錯陽差，我聽他和女兒說話，給我捉摸到了破綻，用酷刑逼他說了出來。」謝遜沉默半晌，才道：「這個姓武的見過我那無忌孩兒，是不是？想是他騙著小孩兒家，探聽到了秘密。」

張無忌聽到此處，心下慚愧無已，想起當年自己在朱家莊受欺，朱長齡、朱九眞父女以詭計套得自己吐露眞情，倘若義父竟爾因此落入奸人手中，自己可眞萬死莫贖了。義父雖然眼盲，推測這件事卻便似親見一般。

只聽謝遜又問：「六大派圍攻明教，豈同小可，我教到底怎樣？」金花婆婆道：「明教興衰存亡，早跟老婆子沒半點相干。當年光明頂上，大夥兒一齊跟我爲難，你是全忘了，老婆子卻記得淸淸楚楚。當時只陽教主和你謝三哥，才眞正對我是好的，我可也沒忘記。」謝遜道：「唉，私怨事小，護教事大。韓夫人，你胸襟未免太窄。」

金花婆婆怒道：「你是男子漢大丈夫，我卻是氣量窄小的婦道人家。當年我破門出教，立誓和明教再不相干。若非如此，那胡青牛怎能將我當作外人？他爲何定要我重歸明教，才肯爲銀葉大哥療毒？胡青牛是我所殺，紫衫龍王早犯了明教的大戒。我跟明教還能有甚麼干係？」謝遜搖了搖頭，道：「韓夫人，我明白你的心事。你想借我屠龍刀去，口說是對付峨嵋派，實則是去對付楊逍、范遙。你念念不忘的，只是想進光明頂的秘道。你要奪倚天劍，想來用意也是這樣。那我更加不能相借。」

金花婆婆默然。隔了一會，只聽她咳嗽數聲，說道：「謝三哥，當年你我的武功，高下如何？」謝遜道：「四大法王，各有所長。」金花婆婆道：「今日你壞了一對招子，再跟老婆子相比呢？」

謝遜昂然道：「你要恃強奪刀，是不是？謝遜有屠龍刀在手，抵得過壞了一對招子。」他噓了口長氣，向前踏上一步，一對失了明的眸子對準了金花婆婆，神威凜凜。殷離瞧得害怕，向後退了幾步。金花婆婆卻佝僂著身子，撐著拐杖，偶爾發出一兩聲咳嗽，看來謝遜只須一伸手，便能將她一刀斬爲兩段，但她站著一動不動，似乎全沒將謝遜放在眼裏。張無忌曾見過她數度出手，當眞快速絕倫，比之韋一笑，另有一分難以言說的詭祕怪異，如鬼如魅，似精似怪。此刻她和謝遜相對而立，一個是劍拔弩張，蓄勢待發，一個卻似成竹在胸，好整以暇。張無忌心想她排名尚在我外公、義父和韋蝠王之上，武功自然十分厲害，不禁爲謝遜暗暗擔心。

但聽得四下裏疾風呼嘯，隱隱傳來海中波濤之聲，於凶險的情勢之中，更增一番悽愴悲涼之意。兩人相向而立，相距不過丈許，誰也不先動手。

過了良久，謝遜忽道：「韓夫人，今日你定要迫我動手，違了我們四法王昔日結義時禍福與共、生死不渝的誓言，謝遜好生難受。」金花婆婆道：「謝三哥，你向來心腸挺軟，我當時眞沒料到，武林中那許多成名的英雄豪傑，都是你一手所殺。」謝遜嘆道：「我心懷父母妻兒之仇，甚麼也不顧了。我生平最不應該之事，乃是連發一十三招七傷拳，打死了少林派的空見神僧。」

金花婆婆凜然一驚，道：「空見神僧當眞是你打死的麼？你甚麼時候練成了這等厲害武功？」她本來自信足可對付得了謝遜，此刻始有懼意。謝遜道：「你不用害怕。空見神僧只挨打不還手，他要以廣大無邊的佛法，渡化我這邪魔外道。」金花婆婆哼了一聲，道：「這才是了，老婆子及不上空見神僧，你一十三拳打死空見，不用九拳十拳，便能料理了老婆子啦。」

謝遜退了一步，聲調忽變柔和，說道：「韓夫人，從前在光明頂上你待我委實不錯。那日我做哥哥的生病，內子偏又產後虛弱，不能起床。你照料我一月有餘，盡心竭力，我始終銘感於心。」拍了拍身上的灰布棉袍，又道：「我在海外以獸皮爲衣，你給我縫這身衣衫，裏裏外外，無不合身，足見光明頂結義之情尙在。你去罷！從此而後，咱們也不必再會面了。我只求你傳個訊出去，要我那無忌孩兒到此島來和我一會，做哥哥的足感大德。」

金花婆婆淒然一笑，說道：「你倒還記得從前這些情誼。不瞞你說，自從銀葉大哥一死，我早將世情瞧得淡了，只不過尙有幾椿怨仇未了，我不能就此撒手而死，相從銀葉大哥於地下。謝三哥，光明頂上那些人物，任他武功了得，機謀過人，你妹子都沒瞧在眼裏，便只對你謝三哥另眼相看。你可知其中緣由麼？」

謝遜抬頭向天，沉思半晌，搖頭道：「謝遜庸庸碌碌，不値得賢妹看重。」

金花婆婆走上幾步，撫著一塊大石，緩緩坐下，說道：「昔年光明頂上，只陽教主和你謝三哥，我才瞧著順眼。做妹子的嫁了銀葉先生，唯有你們二人，沒怪我所託非人。」謝遜也坐了下來，說道：「韓大哥雖非本教中人，卻也英雄了得，他武功雖不如我，膽氣卻不輸於我，我是很佩服的。英雄不壽，令人傷悼。當年衆兄弟力持異議，未免胸襟窄了。唉，六大派圍攻光明頂，不知衆兄弟都無恙否？」金花婆婆道：「謝三哥，你身在海外，心懸中土，念念不忘舊日兄弟。人生數十年轉眼即過，何必老是想著旁人？」

兩人此時相距已不過數尺，呼吸可聞，謝遜聽得金花婆婆每說幾句話便咳嗽一聲，說道：「那年你在碧水寒潭中凍傷了肺，纏綿至今，總是不能全愈麼？」金花婆婆道：「每到天寒，便咳得厲害些。嗯，咳了幾十年，早也慣啦。謝三哥，我聽你氣息不勻，是否練那七傷拳時傷了內臟？須得多多保重才是。」

謝遜道：「多謝賢妹關懷。」忽然抬起頭來，向殷離道：「阿離，你過來。」殷離走到他身前，叫了聲：「謝公公！」謝遜道：「你使出全力，戳我一指。」殷離愕然道：「我不敢。」謝遜笑道：「你的千蛛萬毒手傷不了我，儘管使勁便了。我只試試你的功力。」殷離仍道：「孩兒不敢。」又道：「謝公公，你跟婆婆既是當年的結義兄妹，能有甚麼事說不開？大家不用爭這把刀子了罷。」

謝遜淒然一笑，說道：「你戳我一指試試，不用怕！」殷離無奈，取出手帕，包住右手食指，一指戳在謝遜肩頭，驀地裏「啊喲」一聲大叫，向後急摔出去，飛出一丈有餘，騰的一響，坐在地下，便似全身骨骼根根都已寸斷。

金花婆婆不動聲色，緩緩的道：「謝三哥，你好毒的心思，生怕我多了個幫手，先行出手翦除。」謝遜不答，沉思半晌，道：「這孩兒心腸很好，她戳我這指只使了二三成力，手指上又包了手帕，不運千蛛毒氣傷我。很好，很好。若非如此，千蛛毒氣返攻心臟，她此刻已沒命了。」

張無忌聽了這幾句話，背上出了一陣冷汗，心想義父明明說是試試殷離的功力，倘若她果真全力一試，這時豈非已經斃命？明教中人向來心狠手辣，以我義父之賢，也在所不免。他卻不知謝遜和金花婆婆相交有年，明白對方心意，幾句家常話一說完，便是絕不容情的惡鬥，金花婆婆多了殷離這個幫手，於他大大不利，是以要用計先行除去。

謝遜道：「阿離，你為甚麼一片善心待我？」殷離道：「你……你是他義父，又是……又是為他而來。在這世界上，只有你跟我兩人，心裏還記著他。」

謝遜「啊」了一聲，道：「沒想到你對我無忌孩兒這麼好，我倒險些兒傷了你性命。你附耳過來。」殷離掙扎著爬起，慢慢走到他身邊。謝遜將口唇湊在她耳邊，說道：「我傳你一套內功心法，這是我在冰火島上參悟而得，可說是集我畢生武學之大成。」不等殷離答話，便將那心法從頭至尾說了一遍。殷離一時自難明白，只用心暗記。謝遜怕她記不住，又說了兩遍，問道：「記住了麼？」殷離道：「都記得了。」謝遜道：「你修習五年之後，當有小成。你可知我傳你功夫的用意麼？」殷離突然哭了出來，說道：「我……我知道。可是……可是我不能。」

謝遜厲聲道：「你知道甚麼？為甚麼不能？」說著左掌蓄勢待發，只要殷離一句話答得不對，立時便斃她於掌下。殷離雙手掩面，說道：「我知道你要我去尋找無忌，將這功夫轉授於他。我知道你要我練成上乘武功之後，保護無忌，令他不受世上壞人的侵害，可是……可是……」她說了兩個「可是」，伏地放聲大哭。

謝遜站起身來，喝道：「可是甚麼？是我那無忌孩兒已遭遇不測麼？」殷離撲在他懷裏，抽抽噎噎的哭道：「他……他早在六年之前，在西域……在西域墜入深谷死了。」謝遜身子一晃，顫聲道：「這話……這話……當眞？」殷離哭道：「是眞的。那武烈父女親眼見到他喪命的。我在他二人身上先後點了七次千蛛萬毒手，又七次救他們活命，這等煎熬之下，他們……他們不能再說假話。」

當殷離述說張無忌死訊之初，金花婆婆本待阻止，但轉念又想，謝遜一聽到義子身亡，定然心神大亂，拚鬥時雖多了三分狠勁，卻也少了三分謹愼，更易陷入自己所布的鋼針陣中，當下只在旁微微冷笑，並不答話。

謝遜仰天大嘯，兩頰旁淚珠滾滾而下。張無忌見義父和表妹為自己這等哀傷，再也忍耐不住，便欲挺身而出相認，忽聽得金花婆婆道：「謝三哥，你那位義兒張公子既已殞命，你守著這口屠龍寶刀又有何用？不如便借了於我罷。」謝遜嘶啞著嗓子道：「你瞞得我好苦。要取寶刀，先取了我這條命去。」輕輕將殷離推在一旁，嘶的一聲，將長袍前襟撕下，向金花婆婆擲了過去，這叫作「割袍斷義」。

張無忌心想：「我該當此時上前，說明眞相，免他二人無謂的傷了義氣。」便在此時，忽聽得左側遠處長草中傳來幾下輕微的呼吸之聲。相距既遠，呼吸聲又極輕，若非張無忌耳音極靈，再也聽不出來，他心念一動：「原來金花婆婆暗中尚伏下幫手？我倒不可貿然現身。」但聽得刀風呼呼，謝遜已和金花婆婆交上了手。

只見謝遜使開寶刀，有如一條黑龍在她身周盤旋遊走，忽快忽慢，變化若神。金花婆婆忌憚寶刀鋒利，遠遠在他身旁兜著圈子。謝遜有時賣個破綻，金花婆婆毫不畏懼的欺身直進，待他迴刀相砍，隨即極巧妙的避了開去。二人於對方武功素所熟知，料得不能在一二百招內便分高下。謝遜倚仗寶刀之利，金花婆婆則欺他盲不見物，二人均在自己所長的這一點上尋求取勝之道，反將招數內力置之一旁。

忽聽得颼颼兩聲，黃光閃動，金花婆婆發出兩朵金花。謝遜屠龍刀一轉，兩朵金花都黏在刀上。原來金花以純鋼打成，外鍍黃金，鑄造屠龍刀的玄鐵卻具極強磁性，遇鐵即吸。這金花乃金花婆婆仗以成名的暗器，施放時變幻多端，謝遜即令雙目健好，也須全力閃避擋格，不料這屠龍刀正是鐵製暗器的剋星。金花婆婆倏左倏右連發八朵金花，每一朵均黏在屠龍刀上。月暗星稀，夜色慘淡，黑沉沉的刀上黏了八朵金花，使將開來，猶如數百隻飛螢在空中亂竄亂舞。

突然金花婆婆咳嗽一聲，一把金花擲出，共有十六七朵，教謝遜一柄屠龍刀黏得了東邊的黏不了西邊。謝遜袍袖揮動，捲去七八朵，另有八朵又都黏在屠龍刀上，喝道：

「韓夫人，你號稱紫衫龍王，名字犯了此刀的忌諱，若再戀戰，於君不利。」

金花婆婆打個寒噤，大凡學武之人，每日裏性命在刀口上打滾，最講究口彩忌諱，自己號稱「龍王」，此刀卻名「屠龍」，委實大大不妙，陰惻惻的笑道：「說不定倒是我這殺獅杖先殺了盲眼獅子。」呼的一杖擊出。謝遜沉肩閃避，突然腳下一個踉蹌，「啊」的一聲，這一杖擊中了他左肩，雖然力道已卸去了大半，但仍著實不輕。

張無忌大喜，暗中喝了聲采。他見謝遜故意裝作閃避不及，受了一杖，便想：「義父只須將左手袍袖中的金花撒出，再以屠龍刀使一招『千山萬水』亂披風勢斬去，金花婆婆不敢抵擋寶刀鋒銳，務必更向左退，接連兩退，內勁不繼，那時義父以內力逼出屠龍刀上金花，激射而前，金花婆婆無力遠避，非受重傷不可。」

他心念甫動，果見黃光閃動，謝遜已將左手袖中捲著的金花撒出，金花婆婆疾向左退。張無忌斗然間想起一事，心叫：「啊喲，不好，金花婆婆乃將計就計。」其時他胸中於武學包羅萬有，這兩大高手的攻守趨避，無一不在他算中，但見謝遜的一招「千山萬水」亂披風勢斬出，金花婆婆更向左退。謝遜大喝一聲，寶刀上黏著的十餘朵金花疾射而前。金花婆婆「啊喲」一聲叫，足下一個踉蹌，向後縱了幾步。

謝遜乃心意決絕之人，既已割袍斷義，下手便毫不容情，縱身而起，揮刀向金花婆婆砍去，忽聽得殷離高聲叫道：「小心！腳下有尖針！」

謝遜聽到叫聲，一驚之下，收勢已然不及，只聽得颼颼聲響，十餘朵金花激射而至。金花婆婆要令他身在半空，無法挪移，這一落將下來，雙足非踏上尖針不可。謝遜無可奈何，只得揮刀格打金花，忽聽得腳底錚錚幾聲響處，他雙足已然著地，竟安然無恙。他俯身摸去，觸到四周都是七八寸長的鋼針，揷在山石之中，尖利無比，但自己落腳處的四枚鋼針卻已讓人用石子打飛，聽那擲石去針的勁勢，正是日間手擲七石的巨鯨幫高手。此人在旁窺視，自己竟絲毫不覺，若非得他相救，腳底已受重傷，臏下來只有受金花婆婆宰割的份兒，倘若針上餵有毒藥，立時便得喪命，腦海中念頭只這麼一轉，背上已出了一陣冷汗。

他二人互施苦肉計，謝遜肩頭受了一枚，金花婆婆身上也吃了兩朵金花，雖所傷均非要害，但對方何等勁力，受上了實非同小可。金花婆婆大咳幾下，向張無忌伏身之處發話道：「巨鯨幫的賊子，你一再干擾老婆子的大事，快留下名來！」

張無忌還未回答，突然間黃光閃爍，殷離一聲悶哼，已給三朵金花打中胸口要害。原來金花婆婆眼見張無忌武功了得，自己出手懲治殷離，他定要阻撓，是以面對著他說話，乘他全沒防備之際，反手發出金花。

張無忌大駭，飛身而起，半空中接住金花婆婆發來的兩朵金花，一落地便將殷離抱在懷中。殷離神智尚未迷糊，見一個小鬍子老兒抱住自己，忙伸手撐拒，只一用力，嘴裏便連噴鮮血。張無忌登時醒悟，伸手在自己臉上用力擦了幾下，抹去臉上黏著的鬍子和化裝，露出本來面目。殷離一呆，叫道：「阿牛哥哥，是你？」張無忌微笑道：「是我！」殷離心中一寬，登時便暈了過去。張無忌見她傷重，不敢便爲她取出身上所中金花，當即點了她神封、靈墟、步廊、通谷諸處穴道，護住她心脈。

只聽得謝遜朗聲道：「閣下兩次出手相援，謝遜多承大德。」

張無忌哽咽道：「義……義……你何必……」

到得下午，狂風忽作，大雨如注。小船給風吹得向南飄浮。謝遜、張無忌、周芷若、小昭四人除下八隻鞋子，不住手的舀起艙中所積雨水倒入海中。

二十九　四女同舟何所望

便在此時，忽聽得身後傳來兩下玎玎異聲，三個人疾奔而至。張無忌一瞥之下，只見那三人都身穿寬大白袍，其中兩人身形甚高，左首一人是個女子。三人背月而立，看不清他們面貌，但每人的白袍角上赫然都繡著一個火燄之形，竟是明教中人。三人雙手高高舉起，每隻手中各拿著一條兩尺來長的黑牌，只聽中間那身裁最高之人朗聲說道：「明教聖火令到，護教龍王、獅王，還不下跪迎接，更待何時？」話聲語調不準，顯得極是生硬。

張無忌吃了一驚，心道：「楊左使曾說過，本教聖火令自第三十一代教主石教主之時，便已失落，怎地會在這三人手中？這是不是眞的聖火令？這三人是否本教弟子？」

只聽金花婆婆道：「本人早已破門出教，『護教龍王』四字，再也休提。閣下尊姓大名？這聖火令是眞是假，從何處得來？」那人喝道：「你既已破門出教，尙絮絮何爲？」金花婆婆冷冷的道：「金花婆婆生平受不得旁人半句惡語，當日便陽教主在世，對我也禮敬三分。你是教中何人，對我竟敢大呼小叫？」

突然之間，三人身形晃動，同時欺近，三隻左手齊往金花婆婆身上抓去。金花婆婆拐杖揮出，向三人橫掃過去，不料這三人腳下不知如何移動，身形早變。金花婆婆一杖擊空，已給三人的右手同時抓住後領，疾抖之下，向外遠遠擲了出去。

以金花婆婆武功之強，便是天下最厲害的三位高手向她圍攻，也不能一招之間便將她抓住擲出。但這三個白袍人步法既怪，出手又配合得妙到毫巔，便似一個人生有三頭六臂一般。張無忌情不自禁的「噫」了一聲。那三人身子這麼移動，他已看得清楚，最高那人虬髯碧眼，另一個黃鬚鷹鼻。那女子一頭黑髮，和華人無異，但眸子極淡，幾乎無色，瓜子臉型，約莫三十歲上下，雖瞧來詭異，相貌卻是甚美。張無忌心想：「原來三個都是胡人，怪不得語調生硬，說話又文謅謅的好似背書。」

只聽那虬髯人朗聲又道：「瞧你頭髮淡黃，諒來是金毛獅王謝遜了？見聖火令如見教主，謝遜何不跪迎？」謝遜道：「三位到底是誰？若是本教弟子，謝遜該當相識。若非本教中人，聖火令跟三位毫不相干。」虬髯人道：「明教源於何土？」謝遜道：「源起波斯。」虬髯人道：「然也，然也！我乃波斯明教總教流雲使，另外兩位是妙風使、輝月使。我等奉總教主之命，特從波斯來至中土。」

謝遜和張無忌都是一怔。張無忌閱過楊逍所著的《明教流傳中土記》，知道明教確是從波斯傳來，這三個男女看來確像波斯胡人，武功身法又如此怪異，該當不假。只聽那黃鬚的妙風使道：「我教主接獲訊息，得知中土支派教主失蹤，羣弟子自相殘殺，本教大趨式微，是以命雲風月三使前來整頓教務。合教上下，齊奉號令，不得有誤。」張無忌大喜：「總教主有號令傳來，眞再好也沒有了。免得我擔此重任，見識膚淺，誤了大事。」

只聽謝遜說道：「中土明教雖出自波斯，但數百年來獨立成派，自來不受波斯總教管轄。三位遠道前來中土，謝遜至感歡忭，跪迎云云，卻從何說起？」

那虬髯的流雲使將兩塊黑牌相互一擊，噗的一聲響，聲音非金非玉，十分古怪，說道：「這是中土明教的聖火令，前任姓石的教主不肖，失落在外，其後由總教收回。自來見聖火令如見教主，謝遜還不聽令？」

謝遜入教之時，聖火令失落已久，從來沒見過，但其神異之處，卻向所耳聞，聽了這幾下異聲，知此人所持該當確是本教聖火令，何況三人一出手便抓了金花婆婆擲出，決非常人所能，更無懷疑，便道：「在下相信尊駕所言，但不知有何吩咐？」

流雲使左手輕揮，妙風使、輝月使和他三人同時縱起，兩個起落，已躍到金花婆婆身側。金花婆婆金花擲出，分擊三使。三使東閃西晃，盡數避開，但見輝月使直欺而前，伸指點向金花婆婆咽喉。金花婆婆拐杖封擋，跟著還擊一杖，突然間騰身而起，後心已給流雲使和妙風使抓住，提了起來。輝月使搶上三步，在她胸腹間連拍三掌，這三掌出手不重，但金花婆婆就此不能動彈。

張無忌心道：「他三人起落身法，未見有何特異高明，只是三人配合得巧妙無比。輝月使在前誘敵，其餘二人已神出鬼沒的將金花婆婆擒住。但以每人的武功而論，比之金花婆婆尚有不及。那人拍這三掌，似乎與我中土的點穴、打穴功夫性質相同。」

流雲使提著金花婆婆，左手振出，將她擲在謝遜身前，說道：「獅王，本教教規，入教之後終身不能叛教。此人自稱破門出教，爲本教叛徒，你先將她首級割下。」謝遜一怔，道：「中土明教向來無此教規。」流雲使冷冷的道：「此後中土明教悉奉波斯總教號令。出教叛徒，留著便係禍胎，快快將她清除。」

謝遜昂然道：「明教四王，情同金蘭。今日雖然她對謝某無情，謝某卻不可無義，不能動手加害。」妙風使嘻嘻一笑，說道：「中國人媽媽婆婆，有這麼多囉唆。出教之人，怎可不殺？這算是何等道理？當眞奇哉怪也，莫名其妙矣！」謝遜道：「謝某殺人不眨眼，卻不殺同教教友。」輝月使道：「非要你殺她不可。你不聽號令，我們先殺了你也！」謝遜道：「三位來到中土，第一件事便勒逼金毛獅王殺了紫衫龍王，這是爲了立威嚇人麼？」輝月使微微一笑，道：「你雙眼雖瞎，心中倒也明白。迅即動手便了！」

謝遜仰天長笑，聲動山谷，大聲道：「金毛獅王光明磊落，別說不殺同夥朋友，此人即令是謝某的深仇大怨，既遭你們擒住，已無力抗拒，謝某豈能再以白刃相加？」

張無忌聽了義父豪邁爽朗的言語，暗暗喝采，對這波斯明教三使漸生反感。

只聽妙風使道：「明教教徒，見聖火令如見教主，你膽敢叛教麼？」謝遜昂然道：「謝某雙目已盲了二十餘年，你便將聖火令放在我眼前，我也瞧它不見。說甚麼『見聖火令如見教主』？」妙風使大怒，道：「好！那你是決意叛教了？」謝遜道：「謝某不敢叛教。可是明教的教旨乃行善去惡，義氣爲重。謝遜寧可自己人頭落地，不幹這等沒出息的歹事。」金花婆婆身不能動，於謝遜的言語卻一句句都聽在耳裏。

張無忌心知義父生死已迫在眉睫，輕輕將殷離放落在地。只聽流雲使道：「明教中人，不奉聖火令號令者，一律殺無赦矣！」謝遜喝道：「本人是護教法王，即令是教主要殺我，也須開壇稟告天地與本教明尊，申明罪狀。」妙風使嘻嘻笑道：「明教在波斯好端端地，一至中土，便有這許多臭規矩！」三使同時呼嘯搶上。謝遜屠龍刀揮動，護在身前，三使連攻三招，搶不近身。

輝月使欺身直進，左手持令向謝遜天靈蓋上拍落。謝遜舉刀擋架，噹的一響，聲音怪異。屠龍刀無堅不摧，卻竟削不斷聖火令。便在這一瞬之間，流雲使滾身向左，已一令打在謝遜腿上。謝遜一個踉蹌，妙風使橫令戳他後心，突然間手腕一緊，聖火令已讓人夾手奪去。他大驚之下，回過身來，只見一個少年的右手中正拿著那根聖火令。

張無忌這一下縱身奪令，快速無比，巧妙無倫。流雲使和輝月使驚怒之下，齊從兩側攻上。張無忌轉身避開，不意啪的一響，後心已給輝月使揮令擊中。那聖火令質地怪異，極爲堅硬，這一下打中，張無忌眼前陡黑，幾欲暈去，幸得護體神功立時發生威力，當即鎭懾心神，向前衝出三步。波斯三使立即圍上。

張無忌右手持令向流雲使虛晃一招，左手倏伸，已抓住了輝月使左手的聖火令。豈知輝月使忽地放手，那聖火令尾端向上彈起，啪的一響，正打中張無忌手腕。他左手五根手指一陣痲木，只得放下左手中已奪到的聖火令，輝月使纖手伸處，抓回掌中。

張無忌練成乾坤大挪移法以來，再得張三丰指點太極拳精奧，縱橫宇內，從無敵手，不意此刻竟讓輝月使一個女子接連打中，第二下若非他護體神功自然而然的將力卸開，手腕早斷。他驚駭之下，暫且不敢與敵人對攻，凝立注視，要看清楚對方招數來勢。

波斯三使見他兩次受擊，竟似並未受傷，也驚奇不已。妙風使忽然低頭，一個頭錘向他撞來，如此打法原是武學大忌，竟以自己最要緊的部位送向敵人。張無忌端立不動，知他這一招似拙實巧，必定伏下厲害後著，待他腦袋撞到自己身前一尺之處，這才退了一步。驀地裏流雲使躍身半空，向他頭頂坐將下來。這一招更加怪異，竟以臀部攻人，天下武學之道雖繁，從未有這一路既無用、又笨拙的招數。張無忌不動聲色，向旁再讓，突覺胸口疼痛，已給妙風使手肘撞中。但妙風使爲九陽神功彈出，立即倒退三步，跟著又倒退三步，甫欲站定，又倒退三步。

波斯三使愕然變色，輝月使雙手兩根聖火令急揮橫掃，流雲使突然高躍，連翻三個空心觔斗。張無忌不知他用意，心想還是避之爲妙，剛向左踏開一步，眼前黑氣急閃，右肩已給流雲使的聖火令重重擊中。這一招更加匪夷所思，事先既沒半點徵兆，而流雲使明明是在半空中大翻觔斗，怎能忽地伸過聖火令來擊中自己肩頭？他驚駭之下，不敢戀戰，肩頭所中這一下勁道頗重，雖以九陽神功彈開，卻已痛入骨髓。但知只要自己一退，義父性命不保，深深吸了口氣，一咬牙，飛身而前，伸掌向流雲使胸口拍去。

流雲使也同時飛身而前，雙手聖火令互擊，嗚的聲響，張無忌心神震盪，身子從半空中直墮下來，只覺腰脅中一陣劇痛，已給妙風使重重踢中。砰的一下，妙風使向後摔出，輝月使的聖火令卻又擊中了張無忌右臂。

謝遜在一旁聽得明白，知道巨鯨幫這少年已接連吃虧，眼下不過勉力支撐，苦於自己眼盲，沒法上前應援，心中焦急萬分，自己若孤身對敵，當可憑著風聲，分辨敵人兵刃拳腳的來路，但若去相助朋友，怎能分得出那一下是朋友的拳腳，那一下是敵人的兵刃？他屠龍刀揮舞之下，倘若一刀殺了朋友，豈非大大恨事？當即叫道：「少俠，你快脫身走罷，這是明教的事，跟閣下並不相干。少俠今日一再相援，謝遜已感激不盡。」

張無忌大聲道：「我……我……你快走，聽我說，你快走！」眼見流雲使揮令擊來，張無忌以手中聖火令擋格，雙令相交，噗嗚聲響，如中敗革，似擊破絮，聲音沉鬱難聽。流雲使虎口震痛，聖火令脫手飛出。張無忌躍起身來，欲待搶奪，突然嗤的一聲，後心衣衫給輝月使抓下了一大截。她指甲在他背心上劃了幾條爪痕，隱隱生痛，這麼一緩，那聖火令又讓流雲使搶回。

經此幾個回合，張無忌心知這三人功力每一個都和自己相差甚遠，只武功怪異無比，兵刃神奇之極，最厲害的是三人聯手，陣法不似陣法，套路不似套路，詭祕陰毒，匪夷所思，只要能擊傷其中一人，今日之戰便能獲勝。但他擊一人則其餘二人首尾相應，拳法連變，始終打不破三人聯手之局，反又給聖火令連中兩下。幸好波斯三使每一次拳腳中敵，受到九陽神功反擊，反吃大虧，也已不敢再以拳腳和他身子相碰。

謝遜大喝一聲，將屠龍刀豎抱胸前，縱身躍入戰團，搶到張無忌身旁，說道：「少俠，用刀！」將屠龍刀遞了給他。張無忌心想仗著寶刀神威，或能擊退大敵，當即將聖火令揣入懷中，雙手接過。

謝遜右足一點，向後退開，在這頃刻間，後心已重重中了妙風使一拳，只打得他胸腹間五臟六腑似乎都移了位。這一拳來無影、去無蹤，謝遜竟聽不到半點風聲。

張無忌揮刀向流雲使砍去，流雲使舉起兩根聖火令，雙手迴振，搭在屠龍刀上。張無忌只感手掌中一陣激烈跳動，屠龍刀幾欲脫手，大駭之下，忙加運內力。流雲使以聖火令奪人兵刃，向來千不一失，這一次居然奪不了對方單刀，大感詫異。輝月使一聲嬌叱，手中兩根聖火令也已架上屠龍刀，四令奪刀，威力大增。

張無忌身上已受了七八處傷，雖均爲輕傷，內力究已大減，這時但感半邊身子發熱，握著刀柄的右手不住發顫。他知此刀乃義父性命所繫，義父不知自己身分眞相，居然肯以此刀相借，實乃豪氣干雲，倘若此刀竟在自己手中失去，還有何面目以對義父？大聲呼喝，體內九陽神功源源激發。流雲、輝月二使臉色齊變，妙風使見情勢不對，一根聖火令又搭到了屠龍刀上。

張無忌以一抗三，竟絲毫不餒，心中暗暗自慶，幸好一上來便出其不意的搶得妙風使一枚聖火令，否則六令齊施，更難抵敵。這時四人已至各以內力相拚的境地。張無忌心想你們和我比拚內力，正是以短攻長，我是得其所哉了。霎時間四人均凝立不動，各運內力。突然之間，張無忌胸口一痛，似乎給一枚極細的尖針刺了一下。

這一下刺痛突如其來，直鑽入心肺，張無忌手一鬆，屠龍刀便讓五根聖火令吸了過去。他猝遇大變，心神不亂，順手拔出腰間倚天劍，一招太極劍法「圓轉如意」，斜斜劃了個圈子，同時刺向波斯三使的小腹。三使待要後躍相避，張無忌已將倚天劍揷還腰間劍鞘，手一伸，又將屠龍刀奪回。這四下失刀、出劍、還劍、奪刀，手法之快，直如閃電，正是乾坤大挪移的第七層功夫。

波斯三使「噫」的一聲，大爲驚奇。他三人內力遠不及張無忌，這一開口出聲，五根聖火令反給屠龍刀帶了過來。三人急運內力還奪，又成相持不下之局。突然之間，張無忌胸口又給尖針刺了一下。

這次他已有防備，寶刀未曾脫手。但這兩下刺痛似有形，實無質，一股寒氣突破他護體的九陽神功，直侵內臟。他知是波斯三使以一股極陰寒的內力積貯於一點，從聖火令上傳來，攻堅而入。本來以至陰攻至陽，未必便勝得了九陽神功，只是他的九陽神功遍護全身，這陰勁卻凝聚如絲髮之細，倏鑽陡戳，攻其一點。有如大象之力雖巨，婦人小兒卻能以繡花小針刺入其膚。陰勁入體，立即消失，但這一刺可當眞疼痛入骨。

輝月使連運兩下「透骨針」的內勁，對方竟似毫不費力的抵擋下來，心下駭異。妙風使雖空著左手，但全身勁力都已集於右臂，左手已與癱瘓無異。張無忌知道如此僵持下去，敵人尖針般的陰勁一下一下刺來，自己終將支持不住，可是實無對策。耳聽身後謝遜呼吸粗重，正自一步步逼近，知他要擊敵助己。這時四人內勁布滿全身，謝遜掌力擊在敵人身上，已與擊打張無忌無異，始終遲遲不敢出手。

張無忌尋思：「情勢如此險惡，總是要義父先行脫身要緊。」朗聲道：「謝大俠，這波斯三使武功雖奇，在下要脫身卻也不難。請你先行暫避，在下事了之後，立即奉還寶刀。」波斯三使聽得他在全力比拚內勁之際竟能開口說話，洋洋一如平時，心下更驚。

謝遜道：「少俠高姓大名？」張無忌心想此時萬萬不能跟他相認，否則以義父愛己之深，勢必要和波斯三使拚個同歸於盡，以維護自己，說道：「在下姓曾，名阿牛。謝大俠還不遠走，難道是信不過在下，怕我吞沒你這口寶刀麼？」謝遜哈哈大笑，說道：「曾少俠不必以言語相激。你我肝膽相照，謝遜以垂暮之年，得能結交你這位朋友，實是平生快事。曾少俠，我要以七傷拳打那女子了。我一發勁，你撤手棄了屠龍刀。」

張無忌深知義父七傷拳的厲害，只要捨得將屠龍刀棄給敵人，一拳便可斃了輝月使，但這麼一來，本教便和波斯總教結下深怨，聖火令大戒嚴禁同教兄弟鬥毆殘殺，今日自己如不問來由的殺了總教使者，那裏還像個明教教主？忙道：「且慢！」向流雲使道：「咱們暫且罷手，在下有幾句話跟三位分說明白。」

流雲使點了點頭。張無忌道：「在下和明教極有關連，三位既持聖火令來此，乃是在下的尊客，適才無禮，多有得罪。咱們同時各收內力，罷手不鬥如何？」流雲使又連連點頭。張無忌大喜，當即內勁一撤，將屠龍刀收向胸前。只覺波斯三使的內勁同時後撤，突然之間，一股陰勁如刀、如劍、如匕、如鑿，直插入他胸口「玉堂穴」中。

這雖是一股無形無質的陰寒之氣，但刺在身上實同鋼刃之利。張無忌霎時之間閉氣窒息，全身僵凝倒地，心中閃電般轉過了無數念頭：「我死之後，義父也難逃毒手，想不到波斯總教使者竟如此不顧信義。殷離表妹能活命麼？趙姑娘和周姑娘怎樣？小昭，唉，可憐的小妹子！本教救民抗元的大業終將如何？」眼見流雲使舉起右手聖火令，往他天靈蓋擊落。張無忌急運內力，衝擊胸口遭點中的「玉堂穴」，但終究緩了一步。

忽聽得一個女子聲音大聲叫道：「中土明教大隊人馬到了！」流雲使一怔，舉著聖火令的右手停在半空不擊。一個灰影電射而至，拔出張無忌腰間的倚天劍，連人帶劍，直撲入流雲使懷中。張無忌身不能動，眼中卻瞧得清清楚楚，這人正是趙敏，大喜之下，緊接著便是大駭，原來她所使這一招乃崑崙派的殺招，叫作「玉碎崑岡」，竟是和敵人同歸於盡的拚命打法。張無忌雖不知此招名稱，卻知她如此使劍出招，以倚天劍之鋒利，流雲使固當傷在她劍下，她自己也難逃敵人毒手。

流雲使見劍勢凌厲之極，別說三使聯手，即是自保也已不能，危急中舉起聖火令用力一擋，跟著著地滾開。只聽得噹的一聲響，聖火令已將倚天劍架開，但左頰上涼颼颼地，一時也不知自己是死是活，待得站起，伸手摸去，著手處又濕又黏，疼痛異常，左頰上一片虬髯已讓倚天劍連皮帶肉削去，若非聖火令乃是奇物，擋得了倚天劍的一擊，半邊腦袋已然不在了。

先前張無忌來和謝遜相會，趙敏總覺金花婆婆詭秘多詐，陳友諒形跡可疑，放心不下，便悄悄的跟來。她知自己輕功未臻上乘，走近了便給發覺，只得遠遠躡著，直至張無忌出手和波斯三使相鬥，她才走近。到得張無忌和三使比拚內力，她心中暗喜，心想這三個胡人武功雖怪，怎及得張無忌九陽神功內力的渾厚。突然間張無忌開口叫對手罷鬥，趙敏正待叫他小心，對方的偷襲已然得手，張無忌受傷倒地。她情急之下，不顧一切的衝出，搶到倚天劍後，便將在萬安寺中向崑崙派學得的一記拚命招數使出來。

趙敏一招逼開流雲使，但倚天劍圈了轉來，削去了自己半邊帽子，露出一叢秀髮。她長劍斜圈，身子向妙風使撲出，倚天劍反跟在身後。這一招「人鬼同途」是崆峒派絕招，正和崑崙派的「玉碎崑岡」同一其理，明知已然輸定，便和敵人拚個玉石俱焚。

這等打法極其慘烈，少林、峨嵋兩派的佛門武功便無此類招數。「玉碎崑岡」和「人鬼同途」都不是敗中取勝、死中求活之招，乃是旨在兩敗俱傷、同赴幽冥。當日崑崙、崆峒兩派的高手被囚，頗受屈辱，比武時功力又失，沒法求勝，便有性子剛硬之輩使出這些招數來，只是內勁既去，要拚命也無從拚起，卻給她一一記住了。

妙風使眼見她來勢兇悍，大驚之下，突然間全身冰冷，呆立不動。此人武功雖高，膽子卻是極小，眼見這一招決計無法抵擋，駭怖達於極點，竟致僵立，束手待斃。

趙敏的身子已抵在妙風使的聖火令上，手腕抖動，長劍便向他胸前刺去。這一招乃先以自己身子投向敵人兵刃，敵人手中不論是刀是劍，是槍是斧，中在自己身上，勢須略一停留，自己便挺劍刺去，敵人武功再高，也萬難逃過。妙風使瞧出了此招厲害，這才嚇呆。幸得他手中兵器乃是鐵尺般的聖火令，無鋒無刃，趙敏以身子抵在其上，竟不受傷，長劍剛向前刺出，後背已給輝月使抱住。

波斯三使聯手迎敵，配合之妙，實不可思議。趙敏一上來兩招拚命打法，竟嚇得三大高手亂了陣腳，直到此時，輝月使才自後抱住了趙敏。她這一抱似乎平平無奇，其實拿捏之準，不爽毫髮，應變之速，疾如流星。趙敏這一劍雖然淩厲，已遞不到妙風使身上，她覺臂上陡緊，心知不妙，順著輝月使向後拉扯之勢，迴劍便往自己小腹刺去。

這一招更是壯烈，屬於武當派劍招，叫做「天地同壽」，卻非張三丰所創，乃殷梨亭苦心孤詣的想了出來，本意是用來和楊逍同歸於盡。他自紀曉芙死後，心中除了殺楊逍報仇之外，更無別念，但自知武功非楊逍之敵，師父雖是天下第一高手，自己限於資質悟性，沒法學到師父的三四成功夫，反正只求殺得楊逍，自己也不想活了，是以在武當山上想了幾招拚命的打法。

殷梨亭暗中練劍之時，爲師父見到，張三丰喟然嘆息，心知此事難以勸喻，便將這招劍法取了個「天地同壽」的名稱，意思說人死之後，精神不朽，當可萬古長春，實是殺身成仁、捨生取義的悲壯劍招。殷梨亭的大弟子在萬安寺中施展此招，爲范遙搶上救出。趙敏卻於此時使了出來。這一招專爲刺殺緊貼在自己身後的敵人之用，利劍穿過自己小腹，再刺入敵人小腹，輝月使如何能夠躲過？倘若妙風使並未嚇傻，又或流雲使站得甚近，以他二人和輝月使如同聯成一體的機警，當可救得二女性命。

眼見倚天劍便要洞穿趙敏和輝月使的小腹，便在這千鈞一髮之際，張無忌衝穴告成，一伸手便將倚天劍奪了過去。

趙敏用力掙扎，脫出輝月使的懷抱。她動念迅速之極，伸手到張無忌懷中掏出那枚聖火令，遠遠擲出，啪的一聲響，跌入了金花婆婆所布的尖針陣中。這聖火令波斯三使珍同性命，流雲使和輝月使顧不得再和張無忌、趙敏對敵，甚至顧不得妙風使安危，一齊縱身過去撿拾。只奔出丈餘，便已到了尖針陣中。輝月使「啊」的負痛尖叫，已踏中了一枚鋼針。月黑風高，長草沒膝，瞧不清楚聖火令和尖針的所在，兩人只得不住拔針，摸索著尋令。妙風使猶如大夢初醒，長聲驚呼，跟了過去。

趙敏爲救張無忌性命，適才這三招使得猶如兔起鶻落，絕無餘暇多想一想，這時驚魂稍定，越想越害怕，「嚶」的一聲，投入了張無忌懷中。

張無忌一手攬著她，心中說不出的感激，但知波斯三使一尋到聖火令，立時轉身又回，忙道：「咱們快走！」回過身來，將屠龍刀交還謝遜，抱起身受重傷的殷離，向謝遜道：「謝大俠，眼前只有暫避其鋒。」謝遜道：「是！」俯身爲金花婆婆解開了穴道。張無忌心想金花婆婆經過這場死裏逃生的大難，自當和謝遜前愆盡釋。

四人下山走出數丈，張無忌心想殷離雖是自己表妹，終究男女授受不親，於是將她交給金花婆婆抱著。趙敏在前引路，其後是金花婆婆和謝遜，張無忌斷後，以防敵人追擊。回首但見波斯三使兀自彎了腰，在長草叢中尋覓。他這一役慘敗，想起適才驚險，兀自心有餘悸，又不知殷離受此重傷，是否能夠救活。

正行之間，忽聽得謝遜一聲暴喝，發拳向金花婆婆後心打去。

金花婆婆回手掠開，同時將殷離拋落在地。張無忌大驚，飛身而上。謝遜喝道：「韓夫人，你何以又要下手殺害殷姑娘？」金花婆婆冷笑道：「你殺不殺我，是你的事。我殺不殺她，卻是我的事。你管得著我麼？」張無忌道：「有我在此，須容不得你隨便傷人。」金花婆婆道：「尊駕今日閒事管得還嫌不夠麼？」張無忌道：「那未必是閒事。波斯三使轉眼便來，你還不快走？」

金花婆婆冷哼一聲，向西竄出，突然間反手擲出三朵金花，直奔殷離後腦。張無忌伸指彈去，只聽得呼呼呼三聲，那三朵金花回襲金花婆婆，破空之聲，比之強弓發硬弩更加厲害。當他先前抱起殷離之時，抹去了唇上黏著的鬍子和化裝，金花婆婆已看清楚他面目，那料得這少年的內力竟如此深厚，不敢伸手去接，忙伏地而避。三朵金花貼著她背心掠過，在她布衫後心撕出了三條大縫，只嚇得她心中亂跳，頭也不回的去了。

張無忌伸手抱起殷離，忽聽得趙敏一聲痛哼，彎下了腰，雙手按住小腹，忙上前問道：「怎麼了？」只見她手上滿是鮮血，手指縫中尚不住有血滲出，原來適才這一招「天地同壽」，畢竟還是刺傷了小腹。張無忌大驚失色，忙問：「傷得重麼？」只聽得妙風使在尖針陣中大聲歡呼，說的是胡語，聽語音歡欣，料想是說：「找到了，找到了！」

趙敏急道：「別管我！快走，快走！」張無忌伸臂將她抱起，疾往山下奔去。趙敏道：「到船上！開船逃走。」張無忌應道：「是！」一手抱殷離，一手抱趙敏，急馳下山。謝遜跟在身後，暗自驚異：「這少年恁地了得，手中抱著二人，仍奔行如此迅速。」張無忌心亂如麻，手中這兩個少女只要有一個傷重不救，都屬畢生大恨，幸好覺到二人身子溫暖，並無逐漸冷去之象。

波斯三使找到聖火令後，隨後追來，但這三人的輕功固不及張無忌，比之謝遜也大爲不如。張無忌將到船邊，高聲叫道：「紹敏郡主有令：咱們要開船！衆水手急速預備開航！」待得他和謝遜躍上船頭，風帆已然升起。

那梢公須得趙敏親口號令，上前請示。趙敏失血過多，只低聲道：「聽……聽張公子號令……便是……」那梢公轉舵開船，待得波斯三使追到岸邊，海船離岸早已數十丈了。

張無忌將趙敏和殷離並排放入船艙，小昭在旁相助，解開二人衣衫，露出傷口。張無忌檢視二人傷勢，見趙敏小腹上劍傷深約半寸，流血雖多，性命決可無礙。殷離那三朶金花卻都中在要害，金花婆婆下手極重，是否能救，一時難知，當下給二人敷藥包紮。殷離早已昏迷不醒。趙敏淚水盈盈，張無忌問她覺得如何，她只咬牙不答。

謝遜道：「曾少俠，謝某隔世爲人，此番不意回到中土，尙能結識你這位義氣深重的朋友，實是意外之喜。」

張無忌扶他坐在艙中椅上，伏地便拜，哭道：「義父，孩兒無忌不孝，沒能早日前來相接，累義父受盡辛苦。」謝遜大吃一驚，顫聲道：「你……你說你叫甚麼？」張無忌道：「孩兒便是謝無忌。」謝遜如何能信，只道：「你……你說你是誰？」

張無忌道：「拳學之道在凝神，意在力先方制勝……」滔滔不絕的背了下去，每一句都是謝遜在冰火島上所授於他的武功要訣。當時謝遜以爲時不及，叫他只記要訣，不必照練。背得二十餘句後，謝遜驚喜交集，抓住他雙臂，道：「你……你當眞便是我那無忌孩兒？」

張無忌站起身來，摟住了他，將別來情由，揀要緊的說了一些，自己已任明教教主之事卻暫且不說，以免義父敘教中尊卑，反向自己行禮。謝遜如在夢中，此時不由得他不信，只翻來覆去的道：「老天爺開眼，老天爺開眼！」

猛聽得後梢上衆水手叫道：「敵船追來啦！」

張無忌奔到後梢望去，只見遠遠一艘大船五帆齊張，乘風追至。黑夜中瞧不見敵船船身，那五道白帆卻十分觸目。張無忌望了一會，見敵船帆多身輕，漸漸逼近，心下焦急，不知如何是好，暗想只有讓波斯三使上船，跟他們在船艙之中相鬥，當可藉著船艙狹窄之便，使三人不易聯手，於是將趙敏和殷離移在一旁，到甲板上提了兩隻大鐵錨，放在艙中，作為障礙，逼令波斯三使各自為戰。

布置方定，突然間轟隆一聲巨響，船身猛烈一側，跟著半空中海水傾瀉，直潑進艙來。後梢水手高聲大叫：「敵船開砲！敵船開砲！」這一砲打在船側，幸好並未擊中。

趙敏向張無忌招了招手，低聲道：「咱們也有砲！」

這一言提醒了張無忌，當即奔上甲板，指揮眾水手搬開砲上的掩蔽之物，在大砲中裝上火藥鐵彈，點燒藥繩，砰的一聲，一砲還轟過去。但這些水手都是趙敏手下的武士所喬裝，武功不弱，發砲海戰卻一竅不通，這一砲轟將出去，落在兩船之間，水柱激起數丈，敵船卻晃也不晃。但這麼一來，敵船見此間有砲，便不敢十分逼近。過不多時，敵船又開砲轟來，正中船頭，船上登時起火。

張無忌忙指揮水手提水救火，忽見上層艙中又冒出一個火頭來。他雙手各提一大桶水，踢開艙門，直潑進去，將火頭澆滅了。煙霧中只見一個女子橫臥榻上，正是周芷若，全身都已濕透。張無忌拋下水桶，搶進房去，忙問：「周姑娘，你沒事麼？」

周芷若滿頭滿臉都是水，模樣狼狽，危急萬分之際，見到他突然出現，大喜之中又復驚異。她雙手一動，嗆啷啷一聲響，原來手腳均爲金花婆婆用銬鐐鐵鍊鎖著。張無忌奔到下層艙中取過倚天劍來，削斷銬鐐。

周芷若道：「張教主，你……你怎麼會到這裏？」張無忌還未回答，船身突然激烈震動。她足下一軟，直撲在張無忌懷裏。張無忌忙伸手扶住，窗外火光照耀，只見她蒼白的臉上飛起兩片紅暈，再點綴著一點點水珠，清雅秀麗，有若曉露水仙。張無忌定了定神，說道：「咱們到下面船艙去。」

兩人剛走出艙門，只覺座船不住的團團打轉，原來適才間敵船一砲轟來，將船舵打得粉碎，連舵手也墮海而死。

那梢公急了，親自去裝火藥發砲，只盼一砲將敵船打沉，不住在砲筒中裝塡火藥，用鐵棍椿得實實的，絞高砲口，點燃了藥繩。驀地裏紅光閃動，震天價一聲大響，大砲登時震得粉碎，火球和鋼鐵飛舞，梢公和大砲旁的衆水手個個炸得血肉橫飛。只因梢公一味求砲力威猛，火藥裝得多了數倍，反將大砲炸碎了。

張無忌和周芷若剛走上甲板，但見船上到處是火，幾乎無立足之地，一瞥眼見左舷邊縛著條小船，叫道：「周姑娘，你跳進小船去……」這時小昭抱著殷離，謝遜抱著趙敏，先後從下層艙中出來。原來適才這麼一炸，船底裂了個大洞，海水立時湧進。

張無忌待周芷若、謝遜、小昭坐進小船，揮劍割斷綁縛的繩索，啪的一響，小船掉入海中。張無忌輕輕一躍，跳入小船，搶過雙槳，用力划動。

這時那戰船燒得正旺，照得海面上一片通紅。張無忌全力扳槳，心想只須將小船划到火光照不到處，波斯三使沒見到小船，必以爲衆人盡數葬身大海，就此不再追趕。謝遜抄起一條船板幫著划水。小船在海面迅速滑行，頃刻間出了火光圈外。只聽那大戰船轟隆轟隆猛響，船上裝著的火藥不住爆炸。波斯船不敢靠近，遠遠停著監視。趙敏攜來的武士中有些識得水性，泅水游向敵船求救，都給波斯船上人衆發箭射死於海中。

張無忌和謝遜片刻也不敢停手，若在陸地爲波斯三使追及，尚可決一死戰。這時在茫茫大海之中，敵船只須發砲轟來，就算打在小船數丈以外，波浪激盪，小船也非翻不可。好在二人都內力悠長，直划了半夜，也不疲累。

到得天明，但見滿天烏雲，四下裏都是灰濛濛的濃霧。張無忌喜道：「這大霧來得眞好，只須再有半日，敵人無論如何也找咱們不到的了。」

不料到得下午，狂風忽作，大雨如注。小船給風吹得向南飄浮。其時正當冬季，各人身上衣衫盡濕，張無忌和謝遜內力深厚，還不怎樣，周芷若和小昭給北風一吹，忍不住牙關打戰。但小船上一無所有，誰也沒法可想。這時木槳早已收起不划，四人除下八隻鞋子，不住手的舀起艙中所積雨水倒入海中。

謝遜終於會到張無忌，心情極是暢快，眼前處境雖險，卻毫不在意，罵天叱海，在大雨中高聲談笑。小昭雖天真爛漫，言笑晏晏，趙敏卻察覺她眉目間深有憂色，料想她是為了忽然出現個秀麗逾恆的周芷若而不喜。周芷若始終默不作聲，偶爾和張無忌目光相接，立即便轉頭避開。

謝遜說道：「無忌，當年我和你父母一同乘海船出洋，中途遇到風暴，那可比今日厲害得多了。我們後來上了冰山，以海豹為食。只不過當日吹的是南風，把我們送到了極北的冰天雪地之中，今日吹的卻是北風。難道老天爺瞧著謝遜不順眼，要再將我充軍到南極仙翁府上，再去住他二十年麼？哈哈，哈哈！」他大笑一陣，又道：「當年你父母一男一女，郎才女貌，正是天作之合，你卻帶了四個女孩子，那是怎麼一回事啊？這四個女孩子個個對你好，我知道的，但我瞧不見那個最美。不過美不美毫不相干，人品好才相干！哈哈，哈哈！」

周芷若滿臉通紅，低下了頭。小昭卻神色自若，說道：「謝老爺子，我是服侍公子爺的小丫頭，不算在內。」趙敏受傷雖不輕，卻一直醒著，突然說道：「謝老爺子，你再胡說八道，等我傷勢好了，瞧我不老大耳括子打你。」

謝遜伸了伸舌頭，笑道：「你這女孩子倒厲害。」他突然收起笑容，沉吟道：「嗯，昨晚你拚命三招，第一招是崑崙派的『玉碎崑岡』，第二招是崆峒派的『人鬼同途』，第三招是甚麼啊，老頭子孤陋寡聞，可聽不出來了。」

趙敏暗暗心驚：「怪不得金毛獅王當年名震天下，鬧得江湖上天翻地覆。他雙目不能視物，卻能猜到我所使的兩記絕招，當眞名不虛傳。」便道：「這第三招是武當派的『天地同壽』，似乎是新創招數，難怪老爺子不知。」語氣甚是恭敬。謝遜嘆道：「你出全力相救無忌，當然很好，可是怎麼連自己的命也不要了？」趙敏道：「他……他……」說到此處，頓了一頓，心中遲疑下面這句話是否該說，終於忍不住哽咽道：「他……誰叫他這般情致纏綿的……抱著……抱著殷姑娘。我是不想活了！」說完這句話，已淚下如雨。

四人聽這位年輕姑娘竟會當眾吐露心事，無不愕然，誰也沒想到趙敏是蒙古女子，要愛便愛，要恨便恨，並不忸怩作態，本和中土深受禮教陶冶的女子大異，加之扁舟浮海，大雨淋頭，每一刻都能舟覆人亡，當此生死繫於一線之際，更沒了顧忌。

張無忌聽了趙敏這句話，不由得心神激盪：「趙姑娘本是我教大敵，這次我和她遠赴海外，主旨乃在迎接義父，那想到她對我竟一往情深如此。」情不自禁，伸過手去握住了她手，嘴唇湊到她耳邊，低聲道：「我才對你情致纏綿，你以後無論如何不可再這樣了。」

趙敏話一出口，便好生後悔，心想女孩兒家口沒遮攔，這種言語如何可以自己說出口來，豈不是教他輕賤於我？忽聽他如此深情款款的叮囑，不禁又驚又喜，又羞又愛，心下說不出的甜蜜，自覺昨晚三次出死入生，今日海上飄泊受苦，一切都不枉了。

大雨下了一陣，漸漸止歇，濃霧卻越來越重，驀地裏唰的一聲，一尾三十來斤的大魚從海中躍將起來。謝遜右手伸出，五指插入魚腹，將那魚抓入船中，衆人都喝一聲采。小昭拔出長劍，將大魚剖腹刮鱗，切成一塊塊地。各人實在餓了，雖然生魚腥味極重，只得勉強吃了些。謝遜卻吃得津津有味，他荒島上住了二十餘年，甚麼苦也吃過了，豈在乎區區生魚？何況生魚肉只須多嚼一會，慣了魚腥氣息之後，自有一股鮮甜的味道。

海上波濤漸漸平靜，各人吃魚後閉上眼睛養神，昨天這一日一晚的激鬥，委實累得心力交疲，周芷若和小昭雖未出手接戰，但所受驚嚇也當眞不小。大海輕輕晃著小舟，有如搖籃，舟中六人先後入睡。

這一場好睡，足足有三個多時辰。謝遜年老先醒，耳聽得五個青年男女呼吸聲和海上風聲輕相應和。兩女氣息較促，料想是受了傷的趙敏和殷離。另一女輕而漫長，似是峨嵋派內功，當是那個名叫周芷若的姑娘。惟一的男子張無忌一呼一吸之際，若斷若續，竟無明顯分界，謝遜暗暗驚異：「這孩子內力之深，實是我生平從所未遇。」餘下那姑娘的呼吸一時快，一時慢，所練顯是一門極特異的內功，自然是那個叫作小昭的小丫頭。謝遜眉頭一皺，想起一事，心道：「這可奇了，難道這孩子竟是……」

忽聽得殷離喝道：「張無忌，你這小鬼，幹麼不跟我上靈蛇島去？」張無忌、趙敏、周芷若、小昭等給她這麼一喝，都驚醒了。只聽她又道：「我獨個兒在島上寂寞孤單……你幹麼不肯來陪我？我這麼苦苦的想念你，你……你在陰世，可也知道嗎？」

張無忌伸手摸她額頭，著手火燙，知她重傷後發燒，說起胡話來了。他雖醫術精湛，但小舟中無草無藥，實束手無策，只得撕下一塊衣襟，浸濕了水，貼在她額頭。

殷離胡話不止，忽然大聲驚喊：「爹爹，你……你別殺媽，別殺媽！二娘是我殺的，你只管殺我好了，跟媽毫不相干……媽媽，媽媽！你死了嗎？是我害死了媽！嗚嗚嗚……」哭得甚是傷心。張無忌柔聲道：「蛛兒，蛛兒，你醒醒。你爹不在這兒，不用害怕。」殷離怒道：「爹爹，你快殺我啊，媽是我害死的，也是給你逼死的！我才不怕你呢！你爲甚麼娶二娘、三娘？一個男人娶了一個妻子難道不夠麼？爹爹，你三心兩意，喜新棄舊，娶了一個女人又娶一個，害得我媽好苦，害得我好苦！你不是我爹爹，你是負心漢，是大惡人！」

張無忌愓然心驚，只嚇得面青唇白。原來他適才間剛做了個好夢，夢見自己娶了趙敏，又娶了周芷若。殷離浮腫的相貌也變得美了，和小昭一起也都嫁了自己。在白天從來不敢轉的念頭，在睡夢中忽然都成爲事實，只覺得四個姑娘人人都好，自己都捨不得和她們分離。他安慰殷離之時，腦海中依稀還存留著夢中帶來的溫馨甜意。

這時他聽到殷離斥罵父親，憶及昔日她說過的話，她因不忿母親受欺，殺死了父親的愛妾，自己母親因此自刎，以致舅父殷野王要手刃親生女兒。這件慘不忍聞的倫常大變，皆因殷野王用情不專、多娶妻妾之故。他向趙敏瞧了一眼，情不自禁的又向周芷若和小昭瞧了一眼，想起適才的綺夢，深感羞慚。

只聽殷離咕裏咕嚕的說了些囈語，忽然苦苦哀求起來：「張無忌，求你跟我去啊，跟我去罷。你在我手背上這麼狠狠的咬了一口，可是我一點也不恨你。我會一生一世的服侍你、體貼你，當你是我的主人。你別嫌我相貌醜陋，只要你喜歡，我寧願散了全身武功，棄去千蛛劇毒，跟我初見你時一模一樣……」這番話說得十分的嬌柔婉轉，張無忌那想到這表妹行事任性，喜怒不定，怪僻乖張，內心竟這般溫柔。只聽她又道：「張無忌，我到處找你，走遍了天涯海角，聽不到你的訊息，後來才知你已在西域墮崖身亡，我傷心得真不想活了。我在西域遇到了一個少年哥哥曾阿牛，他武功既高，人品又好，他說過要娶我爲妻。」

趙敏、周芷若、小昭三人都知曾阿牛便是張無忌的化名，一齊向他瞧去。張無忌滿臉通紅，狼狽之極，在這三個少女異樣的目光注視之下，眞恨不得跳入大海，待殷離清醒之後才上來。

只聽殷離喃喃又道：「那個阿牛哥哥對我說：『姑娘，我誠心誠意，願娶你爲妻，只盼你別說我不配。』他說：『從今而後，我會盡力愛護你，照顧你，不論有多少人來跟你爲難，不論有多麼厲害的人來欺侮你，我寧可自己性命不要，也要保護你周全。我要讓你心裏快活，忘卻了從前的苦處。』張無忌，這個阿牛哥哥的人品可比你好得多啦，他的武功比甚麼峨嵋派的滅絕師太都強。可是我心中已有了你這個狠心短命的小鬼，便沒答應跟他。你短命死了，我便給你守一輩子的活寡。張無忌，你說，阿離待你好不好啊？當年你不睬我，而今心裏可後悔不後悔啊？」

張無忌初時聽她複述自己對她所說的言語，只覺十分尷尬，但後來越聽越感動，禁不住淚水涔涔而下。這時濃霧早已消散，一彎新月照在艙中，殷離側過了身子，只見到她苗條的背影。

只聽她又輕聲說道：「張無忌，你在幽冥之中，寂寞麼？孤單麼？可有女鬼陪你嗎？我跟婆婆到北海冰火島上去找到了你義父，再要到武當山上去掃祭你父母的墳墓，然後到西域你喪生的雪峯上跳將下去，伴你在一起。不過那要等到婆婆百年之後，我不能先來陪你，撇下她孤另另的在世上受苦。婆婆待我很好，若不是她救我，我早給爹爹殺了。我爲了你義父，背叛婆婆，她一定恨我得緊，我可仍要待她很好。張無忌，你說是不是呢？」這些話便如和張無忌相對商量一般。在她心中，張無忌早已在陰世爲鬼，這般和一個鬼魅溫柔軟語，海上月明，靜夜孤舟，聽來淒迷萬狀。

她接下去的說話卻又東一言、西一語的不成連貫，有時驚叫，有時怒罵，每一句卻都吐露了心中無窮無盡的愁苦。這般亂叫亂喊了一陣，終於聲音漸低，慢慢又睡著了。

醒著的五人相對不語，各自想著自己的心事和身世，波濤輕輕打著小舟，只覺汪洋巨浸，萬古常存，人生憂患，亦復如是。

忽然之間，一聲聲極輕柔、極縹緲的歌聲散在海上：「到頭這一身，難逃那一日。百歲光陰，七十者稀。急急流年，滔滔逝水。」卻是殷離在睡夢中低聲唱著曲子。

張無忌心頭一凜，記得在光明頂上祕道之中，出口爲成崑堵死，沒法脫身，小昭也曾唱過這個曲子，不禁向小昭望去。月光下只見小昭正自痴痴的瞧著自己，清澈的目光中似在吐露和殷離所說一般的千言萬語，一張稚嫩可愛的小臉龐上也是柔情萬鍾。

遙想當年光明頂上，碧水潭畔，黛綺絲紫衫如花，長劍勝雪，不知傾倒了多少英雄豪傑。

三十　東西永隔如參商

殷離唱了這幾句小曲，接著又唱起歌來，這一回的歌聲卻說不出的詭異，和中土曲調截然不同，細辨歌聲，辭意也和小昭所唱的類似：「來如流水兮逝如風；不知何處來兮何所終！」她翻覆唱著這兩句曲子，越唱越低，終於歌聲隨著水聲風聲，消沒無蹤。

各人想到生死無常，一人飄飄入世，實如江河流水，不知來自何處，不論你如何英雄豪傑，到頭來終於不免一死，飄飄出世，又如清風之不知吹向何處。趙敏忽然伸過手來，握住了張無忌的手。張無忌只覺她的纖指寒冷如冰，微微顫動。

謝遜忽道：「這首波斯小曲，是韓夫人教她的，三十多年前的一天晚上，我在光明頂上也曾聽到過一次。唉，想不到韓夫人絕情如此，竟會對這孩子痛下毒手。」

趙敏問道：「老爺子，韓夫人怎麼會唱波斯小曲，這是明教的歌兒麼？」

謝遜道：「明教傳自波斯，這首波斯曲子跟明教有些淵源，卻不是明教的歌兒。這曲子是兩百多年前波斯一位最著名的詩人峨默做的，據說波斯人個個會唱。當日我聽韓夫人唱了這歌，頗受感觸，問起此歌來歷，她曾詳細說給我聽。

「其時波斯大哲野芒設帳授徒，門下有三個傑出的弟子：峨默長於文學，尼若牟擅於政事，霍山武功精強。三人意氣相投，相互誓約，他年禍福與共，富貴不忘。後來尼若牟青雲得意，做到伊斯蘭教教王的首相。他兩個舊友前來投奔，尼若牟請於教王，授了霍山官職。峨默不願居官，只求一筆年金，以便靜居研習天文曆數，飲酒吟詩。尼若牟一一依從，相待甚厚。

「不料霍山雄心勃勃，不甘久居人下，陰謀叛變。事敗後結黨據山，成為一個宗派首領。該派專以殺人為務，名為依斯美良派，當十字軍之時，西域提起『山中老人』霍山之名，無不心驚色變。其時西域各國君王喪生於『山中老人』手下者不計其數。韓夫人言道，極西海外有一大國，叫做英格蘭，該國國王愛德華得罪了山中老人，為他遣人行刺。國王身中毒刃，幸得王后捨身救夫，吸去傷口中毒液，國王方得不死。霍山不顧舊日恩義，更遣人刺殺波斯首相尼若牟。首相臨死時口吟峨默詩句，便是這兩句『來如流水兮逝如風，不知何處來兮何所終』。韓夫人又道，後來『山中老人』一派武功為波斯明教中人習得。波斯三使武功詭異古怪，料想便出於這山中老人。」

趙敏道：「老爺子，這個韓夫人的性兒，倒像那山中老人。你待她仁至義盡，她卻陰謀加害於你。」謝遜嘆道：「世人以怨報德，原本尋常得緊，豈足深怪？」

趙敏低頭沉吟半晌，說道：「韓夫人位列明教四王之首，武功卻不見得高於老爺子啊。昨晚與波斯三使動手之際，她何以又不使千蛛萬毒手的毒招？」謝遜道：「千蛛萬毒手？韓夫人不會使啊。似她這等絕色美人，愛惜容顏過於性命，怎肯練這門功夫？」

張無忌、趙敏、周芷若等都是一怔，心想金花婆婆相貌醜陋，從她目前的模樣瞧來，即使再年輕三四十歲，也決計談不上「絕色美人」四字，鼻低唇厚、耳大招風、臉蛋上窄下濶，這面型是決計改變不來的。

趙敏笑道：「老爺子，我瞧金花婆婆美不到那裏去啊。」謝遜道：「甚麼？紫衫龍王美若天仙，三十餘年前乃武林中第一美人，就算此時年事已高，當年風姿仍當彷彿留存……唉，我是再也見不到了。」

趙敏聽他說得鄭重，隱約覺得其中頗有蹊蹺，這個醜陋佝僂的病嫗，居然是當年武林中的第一美人，說甚麼也令人難以置信，問道：「老爺子，你名震江湖，武功之高，那不消說了。白眉鷹王自創教派，與六大門派分庭抗禮，角逐爭雄逾二十年。青翼蝠王神出鬼沒，那日在萬安寺中威嚇於我，要毀我容貌，此後思之，常有餘悸。金花婆婆武功雖高，機謀雖深，但要位列三位之上，未免不稱，卻不知是甚麼緣故？」

謝遜道：「那是殷二哥、韋四弟和我三人心甘情願讓她的。」

趙敏道：「爲甚麼？」突然格格一笑，說道：「只因爲她是天下第一美人，英雄難過美人關，三位大英雄都甘心拜服於石榴裙下麼？」她不拘尊卑之禮，心中想到，便肆無忌憚的跟謝遜開起玩笑來。

謝遜竟不著惱，嘆道：「甘心拜服於石榴裙下的，豈止三人而已？其時教內教外，盼獲黛綺絲之青睞者，便說一百人，只怕也說得少了。」趙敏道：「黛綺絲？那便是韓夫人麼？這名字好怪？」謝遜道：「這是波斯名字。」

張無忌、趙敏、周芷若都吃了一驚，齊聲問道：「她是波斯人麼？」

謝遜奇道：「難道你們都瞧不出來？她是中國和波斯女子的混種，頭髮和眼珠都是黑的，但高鼻深目，膚白如雪，和中原女子大異，一眼便能分辨。」

趙敏道：「不，不！她是塌鼻頭，瞇著一對小眼，跟你所說的全然不同。張公子，你說是不是？」張無忌道：「是啊。難道她也像苦頭陀一樣，故意自毀容貌？」

謝遜問道：「苦頭陀是誰？」張無忌道：「便是明教的光明右使范遙。」當下將范遙自毀容貌、到汝陽王府去臥底之事簡略說了。謝遜嘆道：「范兄此舉，苦心孤詣，大有功於本教，實非常人所能。唉，這一半也可說是出於韓夫人之所激。」

趙敏道：「老爺子，你別賣關子了，從頭至尾說給我們聽罷。」

謝遜「嗯」了一聲，仰頭向天，出神了半晌，緩緩說道：「三十餘年前，那時明教在陽教主統領之下，好生興旺。這日光明頂上突然來了三個波斯胡人，手持波斯總教教主手書，謁見陽教主。信中言道，波斯總教有一位淨善使者，原是中華人氏，到波斯後久居其地，入了明教，頗建功勛，娶了波斯女子爲妻，生有一女。這位淨善使者於一年前逝世，臨死時心懷故土，遺命要女兒回歸中華。總教教主尊重其意，遣人將他女兒送來光明頂上，盼中土明教善予照拂。陽教主自然一口答允，請那女子進來。那少女一進廳堂，登時滿堂生輝，但見她容色照人，明艷不可方物。當她向陽教主盈盈下拜之際，大廳上左右光明使、三法王、五散人、五行旗使，無不震動。護送她來的三個波斯人在光明頂上留了一宵，翌日便即拜別。這位波斯艷女黛綺絲便在光明頂上住了下來。」

趙敏笑道：「老爺子，那時你對這位波斯艷女便深深鍾情了，是不是？不用害羞，老老實實的說出來罷。」謝遜搖頭道：「不！那時我正當新婚，和妻子極是恩愛，妻子又懷了孕，我怎會另生他念？」趙敏「哦」了一聲，暗悔失言，她知謝遜的妻兒均爲成崑所殺，這時無意間提起，不免引起他傷心，忙道：「對啦，對啦！怪不得韓夫人說，當年她嫁與銀葉先生，光明頂上人人反對，只陽教主和你仍待她很好。想來陽教主的夫人不但是位美人兒，而且爲人厲害，將丈夫收得服服貼貼。」

謝遜道：「陽教主慷慨豪俠，黛綺絲的年紀儘可做得他女兒。何況波斯總教教主託他照拂，陽教主待她自然仁至義盡，決無他念。陽教主夫人是我業師成師父的師妹，是我師姑。陽教主對夫人十分愛重。」成崑殺他全家，雖在他心底仇恨愈久愈深，但提到成崑這個人時，只淡淡的一言帶過，亦不直呼其名，便與說到常人無異。

趙敏道：「苦頭陀范遙據說年輕時是個美男子，他對黛綺絲定是十分傾心了？」

謝遜點頭道：「那是一見鍾情，終於成爲銘心刻骨的相思。其實何止范兄如此，見到黛綺絲之美色而不動心的男子只怕很少。不過明教教規嚴峻，人人以禮自持，就有誰對黛綺絲致思慕之忱的，也都是未婚男子。那知黛綺絲對任何男子都冷若冰霜，絲毫不假辭色，不論是誰對她稍露情意，每每便給她痛斥一頓，令那人羞愧無地，難以下台。我師姑陽夫人有意撮合，想要她與范遙結爲夫妻。黛綺絲一口拒絕，說到後來，她竟當眾橫劍自誓，說道她是決計不嫁人的，如要逼她婚嫁，她寧死不屈。

「這麼一來，眾人的心也都冷了。過了一年，有一天海外靈蛇島來了一人，自稱姓韓，名叫千葉，是陽教主當年仇人的兒子，上光明頂來是爲父報仇。眾人見這姓韓的青年貌不驚人，居然敢獨上光明頂，來向陽教主挑戰，無不哈哈大笑。但陽教主卻神色鄭重，接以大賓之禮，大排筵席款待。宴後向眾兄弟說起情由，原來他父親是中原一位前輩英豪，陽教主當年和他父親一言不合動手，以一掌『大九天手』擊得他父親重傷，跪在地下，站不起身。當時他父親言道，日後必報此仇，但知自己武功已無法再進，將來不是叫兒子來，便是叫女兒來。陽教主道：不論是兒子還是女兒，他必奉讓三招。那人道：招是不須讓的，但如何比武，卻要他子女選定。陽教主當時便答允了。事過十餘年，陽教主早沒將這事放在心上，那知這姓韓的竟然遣他兒子到來。

「衆人都想：善者不來，來者不善，此人竟敢孤身上光明頂來，必有驚人藝業，但陽教主武功之高，幾已說得上當世無敵，除了武當派張三丰眞人，誰也未必能勝得他一招半式。這姓韓的能有多大年紀，便有三個五個同時齊上，陽教主也不會放在心上。所躭心的只是不知他要出甚麼爲難的題目。

「第二天，那韓千葉當衆說明昔日約言，先以言語擠住陽教主，令他無從食言，然後說了題目出來。他竟是要和陽教主同入光明頂的碧水寒潭之中一決勝負。

「他此言一出，衆人盡皆驚得呆了。碧水寒潭冰冷徹骨，縱在盛暑，也向來無人敢下，何況其時正當隆冬？陽教主武功雖高，卻不識水性，這一下到碧水寒潭之中，不用比武，凍也凍死了，淹也淹死了。當時聖火廳中，羣雄齊聲斥責。」

張無忌道：「這件事當眞爲難得緊，大丈夫一言既出，駟馬難追。陽教主當年曾答允過那姓韓的，比武的方法由他子女選擇，這韓千葉前輩選定水戰，按理說陽教主沒法推托。」趙敏反握他手掌，捏了一捏，輕輕笑道：「是啊，大丈夫一言既出，駟馬難追。明教教主何等身分，豈能食言而肥，失信於天下？答允了人家的事，總當做到。」

她這話說的是張無忌，再提一下二人之間的誓約。謝遜卻那裏知道，說道：「正是如此。當日韓千葉朗聲說道：『在下孤身上得光明頂來，原沒盼望能活著下山。衆位英雄豪傑儘可將在下亂刀分屍，除了明教之外，江湖上誰也不會知曉。在下只是個無名小卒，殺了區區一人，有何足道？各位要殺，上來動手便是。』衆人一聽，倒不能再說甚麼了。

「陽教主沉吟道：『韓兄弟，在下當年確與令尊有約。好漢子光明磊落，這場比武是在下輸了。你要如何處置，悉聽尊便。』韓千葉手腕翻轉，亮出一柄晶光燦爛的匕首，對準自己心臟，說道：『這匕首是先父遺物，在下只求陽教主向這匕首磕上三個響頭。』羣雄一聽，無不憤怒，堂堂明教教主，豈能受此屈辱？但陽教主既然認輸，按照江湖規矩，不能不由對方處置。眼前情勢已十分明白，韓千葉此番拚死而來，受了陽教主這三個頭後，他勢必立即以匕首往自己心口一揷，以免死於明教羣豪手下。

「霎時之間，大廳中竟沒半點聲息。光明左右使逍遙二仙、白眉鷹王殷二哥、彭瑩玉和尚等人，平素均算得足智多謀，但當此難題，卻也都一籌莫展。韓千葉此舉，明明是要逼死陽教主，以雪父親當年重傷跪地之辱，然後自殺。便在這緊迫萬分之際，黛綺絲忽然越衆而前，向陽教主道：『爹爹，他人生了個好兒子，你難道便沒生個好女兒？這位韓爺為他父親報仇，女兒就代爹爹接他招數。上一代歸上一代，下一代歸下一代，不可亂了輩份。』衆人都是一愕：『怎麼她叫陽教主作爹爹？』但即會意：『她冒充教主的女兒，要解此困厄。』」均想：『瞧她這般嬌滴滴弱不禁風的模樣，不知是否會武？就算會武，也必不高，至於入碧水寒潭水戰，更加不必談起。』

「陽教主尚未回答，韓千葉已冷笑道：『姑娘要代父接招，亦無不可。倘若姑娘輸了，在下仍要陽教主向先父的匕首磕三個頭。』他眼見黛綺絲既美且弱，又怎將她放在眼下？黛綺絲道：『倘若尊駕輸了呢？』韓千葉道：『要殺要剮，悉聽尊便。』黛綺絲道：『好！咱們便去碧水寒潭！』說著當先便行。陽教主忙搖手道：『不可！此事不用你牽涉在內。』黛綺絲道：『爹爹，你不用耽心。』跟著便盈盈拜了下去。這一拜，便算拜了陽教主為義父。陽教主見她顯得滿有把握，而除此以外，亦無他法，只得聽她主張。眾人一齊來到山陰的碧水寒潭。其時北風正烈，只到潭邊一站，便已寒氣逼人，內力稍差的已覺不易抵受。潭水早已結成厚冰，望下去碧沉沉地，深不見底。

「陽教主心想不該要黛綺絲為他送命，昂然道：『乖女兒，你這番好意，我心領了，我來接韓兄的高招。』說著除下外袍，取出一柄單刀，他是決意往潭中一跳，從此不再起來了。黛綺絲微微一笑，說道：『爹爹，女兒從小在海邊長大，精熟水性。』說著抽出長劍，飛身躍入潭中，站在冰上，劍尖在冰上劃了個徑長兩尺的圓圈，左足踏上，嚓的一聲輕響，已踏陷那塊圓冰，身子跟著沉入了潭中。」

其時海上寒風北來，拂動各人衣衫。謝遜說道：「當年碧水寒潭之畔的情景，今日回想，便如是昨天剛過的事一般。黛綺絲那日穿了一身淡紫色的衣衫，她在冰上這麼一站，當眞勝如凌波仙子，突然間無聲無息的破冰入潭，旁觀羣豪，無不驚異。那韓千葉見到她入水的身手，臉上狂傲之色登時收起，手執匕首，跟著躍入了潭中。

「那碧水寒潭色作深碧，從上邊望不到二人相鬥的情形，但見潭水不住晃動。過了一會，晃動漸停，但不久潭水又激盪起來。明教羣豪都極爲躭心，眼見他二人下潭已久，在水底豈能長久停留？又過一會，突然一縷殷紅的鮮血從綠油油的潭水中滲將上來。衆人更是憂急，不知是不是黛綺絲受了傷。驀地裏忽喇一聲響，韓千葉從冰洞中跳了上來，不住的喘息。衆人見他先上，一齊大驚，齊問：『黛綺絲呢？黛綺絲呢？』只見他空著雙手，他那柄匕首卻插在他右胸，兩邊臉頰上各劃著一條長長的傷痕。

「衆人正驚異間，黛綺絲猶似飛魚出水，從潭中躍上，長劍護身，在半空中輕飄飄的轉了個圈子，這才落在冰上。羣雄歡聲大作。陽教主上前握住了她手，高興得說不出話來。誰都料想不到，這樣千嬌百媚的一個姑娘，水底功夫竟這般了得。黛綺絲向韓千葉瞧了一眼，說道：『爹爹，這人水性不差，念他爲父報仇的孝心，對教主無禮之罪，便請爹爹饒過了罷？』陽教主自然答允，命人爲他療傷。

「當晚光明頂上大排筵席，人人都說黛綺絲是明教大功臣，若非她挺身出來解圍，陽教主一世英名付於流水。當下安排職司，陽夫人贈了她個『紫衫龍王』的美號，和鷹王、獅王、蝠王三王並列。我們三王心甘情願讓她位列四王之首。她此日這場大功，可將三王過去的功績都蓋下去了。後來我們三個護教法王和她兄妹相稱，她便叫我『謝三哥』。

「不料碧水寒潭這一戰，結局竟大出各人意料之外。韓千葉雖然敗了，不知如何，竟贏得了黛綺絲的芳心。想是她每日前去探傷，病榻之畔，因憐生愛，自歉種情，等到韓千葉傷愈，黛綺絲忽然稟明教主，要嫁與此人。各人聽到這個訊息，有的傷心失望，有的氣憤塡膺。這韓千葉當日逼得本教自教主以下人人狼狽萬狀，本教的護教法王豈能嫁與此人？有些脾氣粗暴的兄弟當面便出言侮辱。黛綺絲性子剛烈，仗劍站在廳口，朗聲說道：『我義父陽教主已允可婚事。從今而後，韓千葉已是我夫君。那一位侮辱韓郎，便來試試紫衫龍王長劍！』衆人見事已如此，只有恨恨而散。

「她與韓千葉成婚，衆兄弟中倒有一大半沒去喝喜酒。只陽教主和我感激她這場解圍之德，出力助她排解，令她得以平安成婚，沒出甚麼岔子。但韓千葉想入明教，終以反對的人太多，陽教主也不便過拂衆意。事過不久，陽教主夫婦突然同時失蹤，光明頂上人心惶惶。衆人四下追尋之際，有一晚光明右使范遙竟見韓夫人黛綺絲從秘道中出來。」

張無忌一凜，問道：「她從秘道中出來？」

謝遜道：「不錯。明教教規極嚴，這秘道只教主一人方能去得。范遙驚怒之下，上前責問。韓夫人道：『我已犯了本教重罪，要殺要剮，悉聽尊便。』當晚羣豪大會，韓夫人仍然只這幾句話。問她入秘道去幹甚麼，她說她不願撒謊，卻也不願吐露眞相；問她陽教主去了何處，她說一概不知，至於私入秘道之事，一人作事一身當，多說無益。按理她不是自刎，便當自斷一肢，但一來范遙舊情不忘，竭力爲她遮掩，二來我在旁說情，羣豪才議定罰她禁閉十年，以思己過。那知黛綺絲說道：『陽教主不在此處，誰也管不著我。』」

張無忌問道：「義父，韓夫人私進秘道卻是爲何？」

謝遜道：「此事說來話長，韓夫人私下跟我說了，教中只我一人得知。當時大家疑心多半與陽教主夫婦失蹤之事有關，但我力證此事與韓夫人絕無牽連。光明頂聖火廳中，羣豪說得僵了，終於韓夫人破門出教，說道自今而後，再與中土明教沒有干係。她是最先倒出明教之人，即日與韓千葉飄然下峯，不知所蹤。

「此後教中衆兄弟尋覓教主不得，過了數年，爲爭教主之位，事情越來越糟。白眉殷二哥竟又下了光明頂，自創天鷹一教。我苦苦相勸，他堅執不聽，哥兒倆竟致翻臉。二十餘年前王盤山天鷹教揚刀立威，金毛獅王趕去踢他場子，一來衝著屠龍寶刀，二來也爲了出一口當年的惡氣，存心要給殷二哥下不了台，讓他知道離了明教之後，未必能成甚麼氣候。唉，今日思之，卻也未免太過意氣用事了！」

他長長一聲嘆息之中，蘊藏著無盡辛酸往事，無數江湖風波。

各人沉默半晌。趙敏問道：「老爺子，後來金花銀葉，威震江湖，怎地明教中人都認她不出？那銀葉先生自必是韓千葉了，他又怎生中毒斃命？」

謝遜道：「這中間的經過情形，我便毫不知情。想是他夫婦在江湖上行走之時，儘量避開了明教中人。」張無忌道：「不錯。金花婆婆從來不與明教中人朝相。六大派圍攻明教之時，她雖到了光明頂，卻不上峯赴援。」

趙敏沉吟道：「可是紫衫龍王姿容絕世，怎能變得如此醜陋？那又不是臉上有甚麼毀損。」謝遜道：「猜想她必是用甚麼巧妙法兒改易了面貌。韓夫人一生行事怪僻，其實內心有說不出的苦。她畢生在逃避波斯總教來人的追尋，那知到頭來仍然逃不過。」

張無忌和趙敏齊問：「波斯總教何事尋她？」

謝遜道：「這是韓夫人最大的秘密，本不該說。但我盼望你們回靈蛇島去救她，卻非說不可了。」趙敏驚道：「咱們再回靈蛇島去？鬥得過那波斯三使麼？」

謝遜不答，自行敘述往事：「數百年來，中土明教的教主例由男子出任，波斯明教的教主除創教教主之外，卻向來是女子，且是不出嫁的處女。總教經典中鄭重規定，由聖處女任教主，以維護明教的神聖貞潔。每位教主接任之後，便即選定教中高職人士的三個女兒，稱爲『聖女』。此三聖女領職立誓，遊行四方，爲明教立功積德。教主逝世之後，教中長老聚會，彙論三聖女功德高下，選定立功最大的聖女繼任教主。但若此三位聖女中有誰失卻貞操，便當處以焚身之罰，縱然逃到天涯海角，教中也必遣人追拿，以維聖教貞善……」趙敏失聲道：「難道那韓夫人便是總教三聖女之一？」

謝遜點頭道：「正是！當范遙發見她私入秘道之前，其實我已先知曉。韓夫人當我是知己，將事實眞相一一告知。她在碧水寒潭中與韓千葉相鬥，水中肌膚相接，竟爾情不自禁，日後病榻相慰，終成冤孽。她知總教總有一日會遣人前來追查，只盼爲總教立一大功，以贖罪愆。她偷入秘道，爲的是找尋『乾坤大挪移』的武功心法，此心法總教失落已久，中土明教卻尚有留存。總教遣她前來光明頂，其意便在於此。」

張無忌「啊」的一聲，隱隱約約覺得有甚麼事情頗爲不妥，但到底何事，一時卻想不明白。只聽謝遜道：「韓夫人數次偷入秘道，始終找不到這武功心法。我知悉後鄭重告誡，此事犯我教中大規，實難寬容……」趙敏揷嘴道：「啊，我知道啦。韓夫人破門出教，爲的是要繼續偷入秘道，她既不是中土明教中人，再入秘道便不受拘束了。」

謝遜道：「趙姑娘聰明得緊。但光明頂是本教根本重地，豈容外人任意來去？當時我也猜到了她用意，韓夫人下山之後，我親自守住秘道入口，韓夫人曾私自上山三次，每次都見到我，這才死了這條心。其後教中兄弟爲爭教主之位，竟致自相動武，我不願捲入旋渦，便攜同妻兒回去中原老家。不久，我師父成崑來訪，發生慘劇。我一心報仇，沒再理會教中事務，也不知韓夫人是否再入秘道。」

謝遜思索片刻，問道：「那波斯三使的服色，和中土明教可有甚麼不同麼？」張無忌道：「他們都身穿白袍，袍角上也繡有紅色火燄……嗯，白袍上滾著黑邊，這是唯一的小小不同。」謝遜一拍船舷，說道：「是了。總教教主逝世。西域之人以黑色爲喪服，白袍上鑲以黑邊，那是服喪。他們要選立新教主，是以萬里迢迢的來到中土，追查韓夫人下落。」

張無忌道：「韓夫人既來自波斯，必當知曉波斯三使的怪異武功，怎地不到一招，便給他們制住？」趙敏笑道：「你笨死啦。韓夫人是假裝的。她要掩飾自己身分，自不能露出懂得波斯派武功。依我猜想，謝老爺子如聽從波斯三使吩咐，下手殺她，韓夫人當有脫身之計。」謝遜搖頭道：「她不肯顯示自己身分，那是不錯。但說遭波斯三使打中穴道後立即便能脫身，卻也未必。她寧可讓我一刀殺死，不願遭那烈火焚身之苦。」

趙敏道：「我說中土明教是邪教，那知波斯明教更加邪得可以。爲甚麼定要處女來做教主？爲甚麼要將失貞的聖女燒死？」謝遜斥道：「小姑娘胡說八道。每個教派都有歷代相傳的規矩儀典。釋教有五戒、十戒、二百五十大戒，和尚尼姑不能婚嫁、不可殺生吃葷，那不也是規矩麼？甚麼邪不邪的？」

突然間格格聲響，殷離牙關互擊，不住寒顫。張無忌摸她額頭，卻仍燙手，顯是寒熱交攻，病勢極重，說道：「義父，孩兒也想回靈蛇島去。殷姑娘傷勢不輕，非覓藥救治不可。咱們盡力而為，便救不得韓夫人，也當救了殷姑娘。」謝遜道：「不錯。這位殷姑娘對你如此情意深重，焉能不救？周姑娘、趙姑娘，你兩位意下如何？」

趙敏道：「殷姑娘的傷是要緊的，我的傷是不要緊的。不回靈蛇島那怎麼成？」

周芷若淡淡的道：「老爺子說回去，大家便回去。」

張無忌道：「須待大霧散盡，見到星辰，始辨方向。義父，那流雲使在空中翻空心觔斗，卻能以聖火令傷我，那是甚麼緣故？」當下兩人研討波斯三使的武功家數，趙敏所學甚博，偶爾也參酌所見，但談論半天，始終猜不到三人聯手功夫的要旨所在。

海上大霧，直至陽光出來方散。張無忌道：「咱們自北方向著東南而來，現下該當向西北划去才是。」他和謝遜、周芷若、小昭四人輪流划船。海上操舟，衝濤破浪實非易事，好在張無忌和謝遜固內力深厚，周芷若和小昭也有相當修為，扳槳划船，只當是鍛鍊武功。一葉孤舟，不停的向西北划去。

這幾日中，謝遜皺起了眉頭，苦苦思索波斯三使怪異的武功，除了向張無忌詢問幾句之外，甚麼話也不說。到得第三天傍晚，謝遜忽然仔細盤問周芷若所學的峨嵋派功夫，周芷若據實以答。兩人一問一答，直談到深夜。謝遜神情之間，甚是失望，說道：「少林、武當、峨嵋三派武功，均和《九陽真經》有關，和無忌所學一般，雖重陰陽調和，還是偏於陽剛一路。倘若張三丰真人在此，以他陽剛陰柔無所不包的博大武學而與無忌聯手，那麼陰陽配合，當可擊敗波斯三使。但遠水救不了近火，韓夫人如落入波斯三使手中，那便如何是好？」

周芷若忽然問道：「老爺子，聽說百年前武林之中，有些高人精通九陰眞經，可有這件事麼？」

張無忌在武當山上曾聽太師父說起過《九陰眞經》之名，知道峨嵋派創派祖師郭襄女俠之父郭靖、神鵰大俠楊過等人，都會九陰眞經上的武功，但經中功夫太過艱難，郭襄雖是郭靖的親生女兒，卻也未能學得，聽周芷若問起，心想：「難道她峨嵋派的創派祖師，畢竟也傳下了一些《九陰眞經》上的功夫麼？」

謝遜道：「故老相傳是這麼說，但誰也不知眞假。聽前輩們說得神乎其神，當今如眞有誰學得這門武功，跟無忌聯手應敵，波斯三使自當應手而除。」周芷若「嗯」的一聲，便不再問。

趙敏問道：「周姑娘，你峨嵋派有人會這門武功麼？」周芷若道：「峨嵋派若有人具此神功，先師也不會喪身於萬安寺中了。」絕滅師太所以逝世，根源出於趙敏，周芷若對她痛恨已極，日日夜夜風雨同舟，卻從來跟她不交一語。此刻趙敏正面相詢，便頂撞了她一句。她性格溫文，這般說話，已是生平對人最不客氣的言語了。趙敏卻不生氣，只笑了一笑。

張無忌不住手的扳槳，忽然望著遠處叫道：「瞧，瞧！那邊有火光。」

各人順著他眼光望去，只見西北角上海天相接之處，微有火光閃動。謝遜雖無法瞧見，心下卻和衆人一般的驚喜，抄起船板，用力划船。那火光望去不遠，其實在大海之上，相隔有數十里之遙。兩人划了大半天，才漸漸接近。張無忌見火光所起之處羣山聳立，正是靈蛇島，說道：「咱們回來啦！」

謝遜猛地裏「啊喲」一聲，叫了起來，說道：「爲甚麼靈蛇島火光燭天？難道他們要焚燒韓夫人麼？」

只聽得咕咚一聲，小昭摔倒在船頭之上。張無忌吃了一驚，縱身過去扶起，但見她雙目緊閉，已然暈去，忙拿揑她人中穴道將她救醒，問道：「小昭，你怎麼啦？」

小昭雙目含淚，說道：「我聽說要將人活活燒死，我……我……心裏害怕。」張無忌安慰道：「這是我義父的猜測，未必眞是如此。就算韓夫人落入了他們手中，咱們立時趕去，多半還能趕得及相救。」小昭抓住他手，求懇道：「教主，我求求你，你一定要救韓夫人性命。」張無忌道：「咱們大夥兒盡力而爲。」說著回到船尾，提起木槳，鼓動內勁，划得比之前更快了。小昭抓起木槳，雖雙手發顫，卻奮力划水。

趙敏忽道：「張公子，有兩件事我想了很久，始終不能明白，要請你指教。」張無忌聽她忽然客氣起來，奇道：「甚麼事？」趙敏道：「那日在綠柳莊外，我遣人攻打令外祖、楊左使各位，是這位小昭姑娘調派人馬抵擋。當眞強將手下無弱兵，明教教主手下一個小小丫鬟，居然也有這等能耐，眞是奇了……」謝遜插口問道：「甚麼明教教主？」

趙敏笑道：「老爺子，這時候跟你說了罷，你這位義兒公子，乃是堂堂明教教主，你反倒是他的屬下。」謝遜將信將疑，一時說不出話來。趙敏便將張無忌如何出任教主之事簡略說了些，但許多細節她也不知。張無忌給謝遜問得緊了，沒法再瞞，只得說了六大派如何圍攻光明頂、自己如何在秘道中獲得乾坤大挪移心法等情。

謝遜大喜，站起身來，便在船艙中拜倒，說道：「屬下金毛獅王謝遜，參見教主。」張無忌忙跪倒還禮，說道：「義父不必多禮。陽教主遺命，請義父暫攝教主職位。孩兒正苦於不克負荷重任，天幸義父無恙歸來，實乃本教之福。咱們回到中土之後，教主之位，原是要請義父接任的。」謝遜黯然道：「你義父雖得歸來，但雙目已瞎，『無恙』兩字，是說不上了。明教的首領，豈能由失明之人擔任？趙姑娘，你心中有那兩件事不明白？」

趙敏道：「我想請問小昭姑娘，那些奇門八卦、陰陽五行之術，是誰教的？你小小年紀，怎地會得這一身出奇的本事？」

小昭道：「這是我家傳功夫，不值郡主娘娘一笑。」趙敏又問：「令尊是誰？女兒如此了得，父母必是名聞天下的高手。」小昭道：「家父埋名隱姓，何勞郡主動問？難道你要削我幾根指頭，逼問我武功麼？」她小小年紀，口頭上對趙敏竟絲毫不讓，心中顯也頗蓄敵意，而提到削指之事，更顯然意欲挑起周芷若敵愾同仇之心。

張無忌不想她二人衝突更趨激烈，轉換話題，問趙敏道：「還有一件事你不明白甚麼？」趙敏笑了笑，說道：「那晚咱們在大都小酒店中第二次叙會，苦頭陀范遙前來向我作別，他見到小昭姑娘之時，說了兩句甚麼話？」張無忌早將這件事忘了，聽她提起，想了一想，才道：「范右使好像是說，小昭的相貌很像一個他相識之人。」趙敏道：「不錯。你猜范遙說小昭姑娘像誰？」張無忌道：「我怎猜得到？」

說話之間，小船離靈蛇島更加近了，只見島西一排排的停了不少大船，每張白帆上都繪了個大大的紅色火燄，帆上都懸掛黑色飄帶。趙敏道：「咱們划到島後，揀個隱僻的所在登陸，別讓他們發見了。」張無忌點頭道：「是！」

剛划出三四丈，突然間大船上號角嗚嗚，跟著砰砰兩響，兩枚砲彈打將過來，一枚落在船左，一枚落在船右，激起兩條水柱，小船劇晃，幾乎便要翻轉。大船上有人叫道：「來船快划過來，如若不奉將令，立即轟沉者矣！」

張無忌暗暗叫苦，心知適才這兩砲志在示威，故意打在小船兩側，現下相距如此之近，敵人瞄準極易，當眞一砲轟在船中，六人無一得免，只得划動小船，慢慢靠過去。

三艘敵船的砲口緩緩轉動，對準小船。待小船靠近，大船上放下繩梯。張無忌道：「咱們上去，相機奪船。」謝遜摸到繩梯，第一個爬上大船。周芷若一言不發，俯身抱起殷離，從繩梯攀上船去。跟著便是小昭。張無忌抱了趙敏，最後一個攀上。只見船上一干人個個黃髮碧眼，身裁高大，均是波斯胡人，那流雲使等三使卻不在其內。

一個會說中國話的波斯人問道：「爾等何人？到此處所為何來？」趙敏道：「我們飄洋遇險，座船沉沒，多蒙相救。」那波斯人將信將疑，轉頭向坐在甲板正中椅上的首領說了幾句波斯話。那首領向手下嘰哩咕嚕的吩咐幾句。

小昭突然縱身而起，發掌便向那首領擊去。那首領一驚，閃身避過，抓起坐椅，便向小昭砸來。張無忌沒料到小昭這麼快便即動手，側身欺上三尺，伸指將那首領點倒，船上數十名波斯人登時大亂，紛紛抽出兵刃，圍了上來。這些人雖均有武功，但與風雲三使相去可就極遠。張無忌右手扶著殷離，左手東點西拍。謝遜使開屠龍刀，周芷若揮動長劍，再加上小昭身形靈動，片刻之間，已將船上數十名波斯人料理了。十餘人給砍翻在甲板之上，七八人墮入海中，餘下盡數給點中了穴道。

霎時之間，海旁呼喊聲、號角聲亂成一片。其餘波斯船隻靠了過來，船上人眾便欲擁上相鬥。張無忌提起那波斯首領，躍上橫桁，朗聲叫道：「誰敢上來，我便將此人一掌劈死。」各船上眾人大聲呼喊，張無忌雖一句不懂，但見無人搶上船來，想來所擒之人頗有身分，對方心存顧忌，一時不敢來攻。

他躍回甲板，剛放下那首領，驀地裏背後噗的一聲響，一件兵刃砸來，忙側身相避，反腳踢出，迎面一根聖火令擊到，左側又有一根橫掠而至。張無忌暗暗叫苦，心想風雲三使來得好快，叫道：「大家退入船艙。」提起那首領，往一根聖火令上迎去。

輝月使急忙收令，但收招急促，下盤露出空隙，張無忌橫腿掃去，險些踢中了她小腿。流雲、妙風兩使自旁急攻，迫使張無忌這一腿未能踢實。拆到第九招上，妙風使左手聖火令斜擊甩上，招數怪異，堪堪便要點中張無忌小腹。張無忌將那波斯首領的身子一沉。妙風使這一招使得古怪，張無忌這一下卻也極其巧妙，啪的一聲響，這記聖火令正好打上那波斯人的左頰。風雲三使齊聲驚呼，臉色大變，同時後躍，交談了幾句波斯話，突然躬身向張無忌手中的波斯人行禮，神色甚為恭敬，跟著便即退開。

忽聽得號角聲此起彼落，一艘大船緩緩駛到，船頭上插了十二面繡金大旗。船上甲板設著十二張虎皮交椅，有一張空著，其餘十一張均有人乘坐。那大船駛到近處，便停住了。趙敏見空著的那張虎皮交椅排在第六，心念一動，說道：「咱們抓到的此人和大船上那十一人服色相同，看來是他們十二個大首領之一，他位居第六。」謝遜道：「十二個大首領？嗯，總教十二寶樹王齊來中土，非同小可。」

趙敏問道：「甚麼十二寶樹王？」謝遜道：「波斯總教教主座下，共有十二位大經師，稱為十二寶樹王，身分地位相當於中土明教的四大護教法王。這十二寶樹王第一大聖，二者智慧，三者常勝，四者掌火，五者勤修，六者平等，七者信心，八者鎮惡，九者正直，十者功德，十一齊心，十二俱明。十二寶樹王精研教義、嫻熟經典，聽說並不一定武功高強。這人位列第六，那麼是平等寶樹王了。」

張無忌在桅桿邊坐下，將平等王橫放膝蓋上，這人既在波斯總教中地位極高，自己一干人脫險求生，勢非著落在他身上不可。俯首見他左頰高高腫起，幸好非致命之傷。想是妙風使一令擊出，已知不對，急忙收力，加之這人也有相當內功，頗有抵禦之勁。

周芷若和小昭收拾甲板上的衆波斯人，將已死的屍首搬入後艙，未死的一一排齊。十餘艘波斯大船四下圍住，各船大砲對準了張無忌等人的座船，每一艘船船舷上都站滿了波斯人，火把照耀下刀劍閃爍，密密麻麻的不知有多少人。張無忌暗暗心驚，別說各船開砲轟擊，這成千成百人一擁而上，自己便有三頭六臂，也難抵擋，縱能仗著絕頂武功脫困，但無論如何不能護得旁人周全。殷離和趙敏身上有傷，更加危險。

只聽得一名波斯人以中國話朗聲說道：「金毛獅王聽了，我總教十二寶樹王俱在此間，你得罪總教之罪，諸寶樹王寬於赦免。你速速將船上諸位總教教友獻出，自行開船去罷！」謝遜笑道：「謝某又不是三歲小兒，我們一放俘虜，你們船上的大砲還不轟將過來嗎？」那人怒道：「你就算不放，我們的大砲便不能轟嗎？」

謝遜沉吟道：「我有三個條件，貴方答允了，我們便恭送這裏的總教教友上岸。」那人道：「甚麼條件？」謝遜道：「第一，此後總教和中土明教相親相敬，互不干擾。」那人道：「嗯，第二呢？」謝遜道：「你們放黛綺絲過船，免了她的失貞之罪，此後不再追究。」那人怒道：「此事萬萬不可。黛綺絲犯了總教大規，當遭焚身之刑，跟你們中土明教有甚相干？第三件是甚麼？」謝遜道：「你第二件事也不能答應，何必再說第三件？」那人道：「好！這第二事就算允了，第三件不妨說來聽聽。」

謝遜道：「這第三件嗎？那可易辦之至。你們派一艘小船，跟在我們的座船之後。駛出五十里後，我們見你們不派大船追來，便將俘虜放入小船，任由你們攜走。」

那人大怒，喝道：「胡說九道！胡說九道！」謝遜等都是一怔，不知他說些甚麼。趙敏笑道：「此人學說中國話，可學得稀鬆平常。他以為胡說八道多一道，便更加荒唐。」謝遜和張無忌一想不錯，雖眼前局勢緊迫，卻也忍不住哈哈大笑。

這位在「胡說八道」上加了一道的人物，乃諸寶樹王中位居末座的俱明寶樹王。他聽得謝遜等嘻笑，更加惱怒，一聲唿哨，和位列第十一的齊心寶樹王縱身躍上船來。

張無忌搶上前去，左掌往齊心王胸口推去。齊心王竟不擋架，伸左手往他頭頂抓下。張無忌眼看自己這一掌要先打到他身上，那知俱明王從斜刺裏雙掌推到，接過了他這一掌，齊心王的手指卻直抓下來。張無忌向前急衝一步，方得避過，才知他二人攻守聯手，便如是個四手四腿之人一般。三人迅如奔雷閃電般拆了七八招。

張無忌心下暗驚，這二人比之風雲三使稍有不及，但武功仍十分怪異，明明和乾坤大挪移的心法極為相似，可是一到用將出來，必大為變形，全然無法捉摸，然以招數凌厲巧妙而言，卻又遠不及乾坤大挪移。似乎這二人都是瘋子，偶爾學到一些挪移乾坤的武功，學得既不到家，又神智昏亂，胡踢瞎打，常人反倒不易抵禦。但兩人聯手之緊密，和風雲三使如出一轍。張無忌勉力抵禦，只戰了個平手，預計再拆二三十招，方可佔到上風。

便在此時，風雲三使齊聲呼嘯，又攻上船來，同時趨向平等王，只盼將他搶回，以折贖失手擊了他一令之罪。謝遜舉起平等王左右揮舞，劃成一個個極大圈子。風雲三使這次如何敢貿然欺前？左趨右閃，想找尋空隙攻上。

驀地裏俱明王悶哼一聲，中招摔倒。張無忌俯身待要擒拿，流雲使和輝月使雙令齊到，妙風使已抱起俱明王躍回己船。這時齊心王和雲月二使聯手，配合已不如風雲三使緊密無間，接戰數合後，眼見難以取勝，三人幾聲呼哨，便即躍回。

張無忌定了定神，說道：「這一干人似乎學過挪移乾坤之術，偏又學得不像，當真難以對付。」謝遜道：「本教的乾坤大挪移心法本來源於波斯。但數百年前傳入中土之後，波斯本國反而失傳，他們所留存的，據黛綺絲說只是些不三不四的皮毛，因此才派她到光明頂來，想偷回心法。」張無忌道：「他們武功的根基甚淺，果然只是些皮毛，但運用之道卻又甚爲巧妙。顯然中間另有一個重大的關鍵所在，我沒揣摩得透。嗯，那挪移乾坤的第七層功夫之中，有一些我沒練成，難道便是爲此麼？」說著坐在甲板之上，抱頭苦思。謝遜等均不出聲，生怕擾亂他思路。

忽然間小昭「啊喲」一聲驚呼，張無忌抬起頭來，只見風雲三使押著一人，走到了十一位寶樹王之前。那人佝僂著身子，手撐拐杖，正是金花婆婆。坐在第二張椅中的智慧寶樹王向她喝問數語，金花婆婆側著頭，大聲道：「你說甚麼？我不懂。」智慧王冷笑一聲，站起身來，左手一探，已揭下了金花婆婆頂上滿頭白髮，露出烏絲如雲。金花婆婆側頭避讓，智慧王右手倏出，竟在她臉上揭下了一層面皮下來。

張無忌等看得清楚，智慧王所揭下的乃是一張人皮面具，剎那之間，金花婆婆變成了一個膚如凝脂、杏眼桃腮的美艷婦人，容光照人，端麗難言。

黛綺絲給他揭穿了本來面目，索性將拐杖一拋，不住冷笑。智慧王說了幾句話，她便以波斯話對答。二人一問一答，但見十一位寶樹王的神色越來越凝重。

趙敏忽問：「小昭姑娘，他們說些甚麼？」小昭流淚道：「你很聰明，你甚麼都知道了，卻幹麼事先不阻止謝老爺子，請他別說？」趙敏奇道：「請他別說甚麼？」

小昭道：「他們本來不知金花婆婆是誰，後來知道她是紫衫龍王了，但決計想不到紫衫龍王便是聖女黛綺絲。婆婆一番苦心，只盼能將他們騙倒。謝老爺子所提的第二個條款，卻要他們釋放聖女黛綺絲，雖是好心，可就瞞不過智慧寶樹王了。倘若他只說要他們放了金花婆婆，那就沒事。謝老爺子目不見物，自不知金花婆婆裝得多像，任誰也能瞞過。趙姑娘，你卻瞧得淸淸楚楚，難道便想不到麼？」

其實趙敏聽了謝遜在海上所說的故事，心中先入為主，認定金花婆婆便是波斯明教的聖女黛綺絲，一時可沒想到在波斯諸人眼中，她的眞面目卻並未揭破。她待要反唇相稽，但聽小昭語音悲苦，隱隱已料到她和金花婆婆之間必有極不尋常的關連，不忍再出重言，只道：「小昭妹子，我確實沒想到。倘若有意加害金花婆婆，敎我不得好死。」

謝遜更是歉仄，當下一句話也不說，心中打定了主意，寧可自己性命不在，也得相救黛綺絲出險。

小昭泣道：「他們責備金花婆婆，說她既嫁人，又叛敎，要……要燒死她。」張無忌道：「小昭，你別著急，一有可乘之機，我便衝過去救婆婆出來。」他叫慣了婆婆，其實此時瞧紫衫龍王的本來面目，雖已過中年，但風姿嫣然，實不減於趙敏、周芷若等人，倒似是小昭的大姊姊。小昭道：「不，不！十一個寶樹王，再加風雲三使，你鬥他們不過的，只不過枉自送了性命。他們這時在商量如何奪回平等王。」

趙敏恨恨的道：「哼！這平等王便活著回去，臉上印著這幾行字，醜也醜死啦。」張無忌問道：「甚麼臉上印著字？」趙敏道：「那黃鬍子使者的聖火令一下子打中了他左頰……啊，小昭！」突然想起一事，問道：「小昭妹子，你識波斯文字麼？」小昭道：「識得。」趙敏道：「你快瞧瞧，這平等王臉上印著的是甚麼字。」

小昭搬起平等王上身，側過他頭來，只見他左頰高高腫起，三行波斯文深印肉裏。原來每根聖火令上都刻得有文字，妙風使誤擊平等王，竟將聖火令上的文字印在他臉肌上了。令上文字凹入，印在肉上便即凸起。不過聖火令著肉處只兩寸寬、三寸長，所印文字殘缺不全。

小昭跟隨張無忌進入光明頂秘道，曾將乾坤大挪移心法背誦幾遍，雖然未得張無忌吩咐，自己未曾修習，但這武功的法門卻記得極熟，其時張無忌在秘道中練至第七層心法時遇有疑難，跳過費解之處不練，小昭曾一一記誦，這時看了平等王臉上的文字，不禁脫口而呼：「那也是乾坤大挪移心法！」

張無忌奇道：「你說是乾坤大挪移心法？」小昭道：「不，不是！我初時一見，以爲是了，卻又不是。譯成中國話，意思是這樣：『應左則前，須右乃後，三虛七實，無中生有』……甚麼『天方地圓……』下面的看不到了。」

這幾句寥寥十餘字的言語，張無忌乍然聽聞，猶如滿天烏雲之中，驟然間見到電光閃了幾閃，雖電光過後，四下裏仍是一團漆黑，但這幾下電閃，已讓他在五里濃霧之中看到了出路，口中喃喃唸道：「應左則前，須右乃後……」竭力想將這幾句口訣和所習乾坤大挪移的武功配合起來，隱隱約約的似乎想到了，但似是而非，終究不對。

忽聽得小昭叫道：「教主，留神！他們已傳下號令：風雲三使要來向你進攻，勤修王、鎮惡王、功德王三王來搶平等王。」

謝遜當即將平等王身子橫舉在胸口，把屠龍刀拋給張無忌，說道：「你用刀猛砍便是。」趙敏也將倚天劍交了給周芷若，此刻同舟共濟，並肩迎敵要緊。

張無忌接過屠龍刀，心不在焉的往腰間一插，口中仍在念誦：「三虛七實，無中生有……」趙敏急道：「小獃子！這當兒可不是參詳武功的時候，快預備迎敵要緊。」

一言甫畢，勤修、鎮惡、功德三王已縱身過來，伸掌向謝遜攻去。他三人生怕傷了平等王，是以不用兵刃，只使拳掌，只要有一人抓住了平等王的身子，便可出力搶奪。周芷若守在謝遜身旁，每逢勢急，挺劍便向平等王身上刺去。勤修王、鎮惡王等不得不出掌向周芷若相攻，以免她手中利劍刺中了平等王。

那邊廂張無忌又和風雲三使鬥在一起。他四人數次交手，各自吃過對方苦頭，誰也不敢大意。數合之後，輝月使揮令打來，依照來勢，這一令必定打在張無忌右肩，那知聖火令在半途古古怪怪的轉了個彎，啪的一響，竟打中在他後頸。

張無忌一陣劇痛，心頭卻登時雪亮，大叫：「須右乃後，須右乃後，對了，對了！」頃刻間已然省悟，風雲三使所會的，只不過是乾坤大挪移第一層的入門功夫，但聖火令上另刻得有詭異的變化用法，以致平添奇幻。他心念一轉之間，小昭所說的四句口訣已全然明白，只是「天方地圓」甚麼的還無法參悟，心想須得看齊聖火令上的刻字，方能通曉波斯派武功的精要。

他突然間一聲清嘯，雙手擒拿而出，「三虛七實」，已將輝月使手中的兩枚聖火令奪了過來，「無中生有」，又將流雲使的兩枚聖火令奪到。兩人一呆之際，張無忌已將四枚聖火令揣入懷中，雙手分別抓住兩人後領，向左右擲出。

波斯羣胡吶喊叫嚷聲中，妙風使縱身逃回己船。此時張無忌明白了對方武功的竅訣，雖所解的仍極有限，但妙風使的武功在他眼中已全無神秘之可言，右手探出，已抓住他左腳，硬生生將他在半空中拉回，挾手奪下聖火令，舉起他身子便往鎮惡王頭頂砸落。三王大驚，打個手勢，便即躍回。張無忌點了妙風使穴道，擲在腳邊。

他這下取勝，來得突兀之至，頃刻之間便自下風轉爲上風，趙敏等無不驚喜，齊問原由。張無忌笑道：「若非陰差陽錯，平等王臉上吃了這一傢伙，那可糟糕得緊了。小昭，你快將這六根聖火令上的字譯給我聽，快，快！」

各人瞧這六枚聖火令時，但見非金非玉，質地堅硬無比，六令長短大小各不相同，似透明，非透明，令中隱隱似有火燄飛騰，實則是令質映光，顏色變幻。每一枚令上刻得有不少波斯文字，別說參透其中深義，便譯解一遍，也得不少時光。

張無忌心知欲脫眼前之困，非探明波斯派武功的總源不可，便道：「周姑娘，請你以倚天劍架在平等王頸中。義父，請你以屠龍刀架在妙風使頸中，儘量拖延時光。」謝遜和周芷若點頭答應。

小昭拿起六枚聖火令，見最短的那一枚上文字最少，又黑黝黝的最不起眼，便將其上文字一句句的譯解出來。張無忌聽了一遍，卻一句也不懂，苦苦思索，絲毫不明其意，不由得大急。趙敏道：「小昭妹子，你還是先解打過平等王的那根聖火令。」這一言提醒了小昭，忙核對聖火令上的文字，見是次長的那一根，當即譯解其意，這一次張無忌卻懂了十之七八。待得一根解完，再解最長那一根時，張無忌只聽得幾句，喜道：「小妹子，這六枚聖火令上的文字，越長的越淺。這一根上說的都是入門功夫。」

原來明教聖火令共十二枚，這六枚上刻的是武功，另外六枚刻的是明教教規三大令、五小令。這十二枚聖火令乃當年波斯「山中老人」霍山所鑄，他在其中六枚上刻了他畢生武功的精要。十二枚聖火令和明教同時傳入中土，向爲中土明教教主的令符，年深日久之後，中土明教已無人識得六枚聖火令上的波斯文字。中土明教則在空白無字的另六枚聖火令上刻了三大令、五小令的中土教規。數十年前，聖火令爲丐幫中人奪去，輾轉為波斯商賈所得，復又流入波斯明教。波斯總教鑽研其上文字，數十年間，教中職份較高之輩人人武功陡進。只是其上所記武功博大精深，便修為最高的大聖寶樹王，也只學得三四成而已。

「乾坤大挪移」心法本是波斯明教的護教神功，以上乘內功為根基，非常人所能修習。波斯明教的教主又須由處女擔任，數百年間接連出了幾個庸庸碌碌的女教主，心法傳下來的便屬有限，反倒是中土明教留得全份。波斯明教以不到一成的舊傳乾坤大挪移武功，和兩三成新得的聖火令武功相結合，變出一門古怪奇詭的功夫出來。

張無忌盤膝坐在船頭，小昭將聖火令上的文字，一句句的譯與他聽。這聖火令中所包含的武功原本奇妙無比，但一法通，萬法通，諸般深奧的學問到了極處，本是殊途同歸。張無忌深明九陽神功、乾坤大挪移、以及武當派太極拳的拳理，聖火令上的武功雖奇，究不過是旁門左道之學而達於巔峯而已，說到宏廣精深，遠遠不及上述三門武學。張無忌聽小昭譯完六枚聖火令上的文字，倉卒間只記得了七八成，所明白的又只五六成，但僅此而言，寶樹諸王和風雲三使所顯示的功夫，在他眼中已瞭如指掌，不值一哂。

時光一刻一刻的過去，他全心全意浸潤於武學的鑽研之中，無暇顧及身外之務，但趙敏和周芷若等卻焦急萬狀，眼見黛綺絲手腳上都加上了銬鐐；眼見十一寶樹王聚頭密議；眼見十一王脫下長袍，換上軟甲；眼見十一王的左右呈上十一件奇形怪狀的兵器；

眼見前後一艘艘船上排滿了波斯胡人；眼見這些胡人彎弓搭箭，箭頭瞄準己方……

只聽得居中而坐的大聖寶樹王大喝一聲，四面大船上鼓動雷響，號角齊鳴。

張無忌吃了一驚，抬起頭來，只見十一位寶樹王各披燦爛生光的金甲，手執兵刃，跳上船來。謝遜和周芷若分執刀劍，架在平等王和妙風使的頸中。十一王見此情景，跳上船頭之後，卻也不敢便此逼近，環成半月形，虎視眈眈，伺機而動。周芷若、趙敏等見這十一王形相猙獰，身裁高大，心下都覺害怕。

智慧王以中國話說道：「爾等快快送出我方教友，便可饒爾等不死。這幾個教友在吾人眼中，猶如豬狗一般，爾等用刀架在彼人頸中，又有何用？爾等有膽，儘可將彼人殺了。波斯聖教之中，此等人成千成萬，殺了一兩個有何足惜？」

趙敏說道：「爾等不必口出大言，欺騙吾人。吾人知悉，這二人一個乃平等寶樹王，一個乃妙風使。在爾等明教之中，地位甚高者。爾等說彼人猶如豬狗一般，爾言錯矣，大大之錯矣！」那智慧王所說的中國話是從書本上學來，「爾等」「彼人」云云，大爲不倫不類。趙敏模仿他的聲調用語，謝遜等聽了，雖身處危境，卻也忍不住莞爾。

智慧王眉頭一皺，說道：「聖教之中，共有三百六十位寶樹王，平等王排名第三百五十九。吾人有使者一千二百人，這妙風使武功平常，排名一千一百一十九，爾等快快將彼人殺了。」

趙敏道：「很好，很好！手執刀劍的朋友，快快將這兩個無用之人殺了。」謝遜道：「遵命！」舉起屠龍刀，呼的一聲便向平等王頭頂橫劈過去。

衆人驚呼聲中，屠龍刀從他頭頂掠過，距頭蓋不到半寸，大片頭髮切削下來，給海風一吹，飄浮空中。謝遜右臂揮動，左一刀、右一刀，向平等王兩肩砍落。眼看每一刀均要切掉他一條臂膀，但刀鋒將要及身，便手腕微偏，將他雙臂衣袖各切下一片。這三下硬砍猛劈，部位竟如此準確，別說是盲眼之人，便雙目完好，也極難能。

平等王死裏逃生，嚇得幾欲暈去。十一寶樹王、風雲三使目瞪口呆，撟舌不下。趙敏說道：「爾等已見識了中土明教的武功。這位金毛獅王，在中土明教中排名第三千五百零九。爾等倘若恃衆取勝，中土明教日後必去波斯報仇，掃蕩爾等總壇，爾等必定抵擋不住也，還是及早兩家言和爲是耳。」

智慧王明知趙敏所言不實，但一時卻也無計可施。那大聖寶樹王忽然說了幾句話。小昭叫道：「教主，他們要鑿船！」

張無忌心中一凜，倘若座船沉了，諸人不識水性，非束手成擒不可，身形一晃，已欺到了大聖王身前。智慧王喝道：「爾幹甚麼？」兩旁功德王和掌火王手中的一鞭一鎚同時砸落。此時張無忌早已熟識波斯派武功，不躲不閃，雙手伸出，抓向兩王咽喉。只聽得噹的一聲響，功德王的鐵鞭和掌火王的八角鎚相互撞擊，火花飛濺，兩人已給他抓住咽喉要穴，橫拖倒曳的拉了過來。混亂之中張無忌連環踢出四腿，兩腳踢飛了齊心王和鎮惡王手中的大砍刀，又兩腳將勤修王和俱明王踢入水中。

忽見一個身形高瘦的寶樹王撲將過來，雙手各執短劍，刺向張無忌胸口。張無忌又飛起一腳，踢他手腕。那人雙手突然交叉，刺向張無忌小腹。這一招變得靈動之極，張無忌急忙躍起，方始避過。原來此人是常勝寶樹王，於波斯總教十二王中武功第一。張無忌揑閉了功德王和掌火王的穴道，將兩王拋入船艙，猱身而上，和常勝王手中雙劍搏擊。此人雖同是十二王之一，但武功之強，與餘王大不相同。張無忌攻三招，守三招，三進三退，暗暗喝采：「好個了得的波斯胡人！」

他明白了聖火令上的武功心法之後，未經練習，便遭逢強敵，當下用心記憶思索，同時和常勝王搏鬥。二十餘招後，聖火令上的秘訣用在乾坤大挪移功夫上，漸漸得心應手。常勝王號稱「常勝」，生平從未遇過對手，此刻卻給對方剋制得縛手縛腳，實為從所未有，心中驚異害怕。鬥到三十餘招，張無忌踏上一步，忽地在甲板上坐倒，抱住了常勝王小腿。這招怪異法門原為聖火令上所記，但已是極高深功夫，常勝王雖然知道，卻從不敢用。張無忌雙手環抱，十指扣住了他小腿「中都」、「築賓」兩穴，正是中土武功的拿穴之法。常勝王只覺下半身酸麻難動，長嘆一聲，束手就擒。

張無忌忽生愛才之念，說道：「爾武功甚佳。余保全爾的英名，不來擒拿於爾，快快回去罷！」說著雙手放開。常勝王既感激，又羞慚，頷首爲禮，躍回座船。

大聖王見常勝王苦戰落敗，功德王和掌火王又失陷敵手，就算將敵人座船鑿沉，投鼠忌器，平等王等四人也非喪命不可，當即號令部衆，回歸座船。

趙敏朗聲說道：「爾等快快將黛綺絲送上船來，答應金毛獅王的三個條款。」

餘下九名寶樹王低聲商議了一陣。智慧王道：「要答應爾等條款，也無不可。這位年輕君子的武功明明是吾人波斯一派，彼從何處學得，吾人有點不明不白。」趙敏忍住了笑，莊容說道：「爾等本來不明不白，不淸不楚，不乾不淨，不三不四。這位年輕君子是本教光明使座下的第八位弟子。他的七位師兄、七位師弟不久便到，那時候彼等七上八落，爾等便不亦樂乎、嗚呼哀哉了。」

智慧王本極聰明，但華語艱深，趙敏的話他只懂得個六七成，情知她在大吹法螺，微一沉吟，便道：「好！將黛綺絲送過船去。」

兩名波斯教徒架起黛綺絲，送到張無忌船頭。周芷若長劍一振，叮叮兩聲，登時將她手上的銬鐐切斷了。那兩名波斯教徒見此劍如此鋒利，嚇得打個寒戰，急忙躍回船去。

智慧王道：「爾等快快開船，回歸中土。吾人只派小船，跟隨爾等之後。」

張無忌抱拳說道：「中土明教源出波斯，爾我情若兄弟，今日一場誤會，敬盼各位不可介意。日後請上光明頂來，雙方杯酒言歡。得罪之處，兄弟這裏謝過了。」

智慧王哈哈笑道：「爾武功甚佳，吾人極為佩服。學而時習之，不亦說乎？有朋自遠方來，不亦樂乎？七上八落，不亦樂乎？」

張無忌等起初聽他掉了兩句書袋，心想此人居然知道孔子之言，倒是不易，不料接下去竟學著趙敏說過的兩句話，忍不住盡皆大笑。趙敏道：「爾的話說得很好，人之異於波斯人者，幾希！祝爾等出門發財，多福多壽，來格來饗，禍延先考，無疾而終。」

智慧王懂得「出門發財，多福多壽」八字的意思，料想下面的也均是祝禱之辭，笑吟吟的連聲說道：「多謝，多謝！」

張無忌心想趙敏說得高興起來，不知還有多少刁鑽古怪的話要說，身居虎狼之羣，夜長夢多，還是及早脫離險境為是，當下拔起鐵錨，轉過船舵，扯起風帆，將船緩緩駛了出去。四周船上的波斯人見他單手拔起重錨，雙手一拉，大帆立升，一個人做了十餘名水手之事，神力驚人，盡皆喝采。

只見一艘小船抛了一條纜索過來，張無忌將那纜索縛在後梢，拖了小船漸漸遠去。小船中坐著流雲使和輝月使，此外還有若干水手。

張無忌掌著船舵，向西行駛，見波斯各艘大船並不追來，駛出數里，遠眺靈蛇島旁諸船已小不逾尺，仍停著不動，這才放心。

當下要小昭過來掌舵，到艙中察看殷離傷勢，見她兀自迷迷糊糊的半睡半醒，雖未見好轉，病情卻也並沒更惡，盼望待會在這波斯大船之中，或可尋到藥物。

黛綺絲站在船頭眼望大海，聽到張無忌走上甲板，卻不回頭。張無忌見她背影曼妙，秀髮飄拂，後頸膚若白玉，謝遜說她當年乃武林中第一美人，此言當眞不虛，遙想光明頂上，碧水潭畔，紫衫如花，長劍勝雪，不知傾倒了多少英雄豪傑。

航到傍晚，算來離靈蛇島已近百里，向東望去，海面上並無片帆隻影，波斯總教諸人顯是在要脅之下，不敢追來。張無忌與謝遜、趙敏等商議，若是等回到中土上岸，再放平等王四人乘小船回去，最爲穩妥。謝遜道：「隔了這麼遠，他們便想要追來，也追不上了，這就放這些波斯人回去罷！他們終究是總教的首腦人物，不可當眞傷了和氣。咱們的船大，他們船小，諒他們弄不出甚麼鬼。」

張無忌解開平等、功德、掌火三王及妙風使的穴道，連聲致歉，放他們躍入拖在船梢的小船中。

妙風使道：「這聖火六令是吾人掌管，失落後其罪非小，也請一併交還。」謝遜道：「聖火令是中土明教教主令符，今日物歸原主，如何能再讓你們攜去？」妙風使絮絮不休，堅要討還這六根聖火令。

張無忌心想今日須得折服其心，免得日後更多後患，說道：「我們便交還於你，你本領太低，還是沒法保有。與其讓外人奪去，還是存在明教手中的好。」妙風使道：「外人怎能隨便奪去？」張無忌道：「你若不信，那就試試。」將六根聖火令交了給他。妙風使大喜，剛說得一聲：「多謝！」張無忌左手輕勾，右手一引，已將六根聖火令一齊奪過。

妙風使大吃一驚，怒道：「我尚未拿穩，這個不算。」張無忌笑道：「再試一次，那也不妨。」又將聖火令還了給他。

妙風使先將四枚聖火令揣入懷中，手中執了兩根，見張無忌出手來奪，左手一令往他手腕上砸落。張無忌手腕翻轉，已抓住他右臂，拉著他手臂迎將上去，雙令交擊，波的一聲大響，震得人心旌搖動。張無忌渾厚的內力從他手臂上傳將過去，這一擊之下，妙風使兩臂酸痛，全身乏力，便如癱瘓，撒手將聖火令拋落甲板。

張無忌先從他懷中取出四枚聖火令，又拾起甲板上的兩枚，說道：「如何？是否要再試一次？」妙風使軟癱跌倒，不住搖頭。流雲使從小船躍將上來，抱了他過去。

小船上扯起風帆。功德王拉斷船纜，大小二船登時分開。張無忌抱拳說道：「多多得罪，還祈各位見諒。」功德王等人眼中充滿了怨毒之意，掉頭不答。

大船乘風西去，兩船漸距漸遠。忽聽得黛綺絲叱道：「賊子敢爾！」縱身而起，躍入海中。只見一股血水從海中湧了上來，跟著不遠處又湧上一股血水，頃刻間共有六股血水湧上。忽喇一響，黛綺絲從水中鑽出，口中咬著一柄短刀。她在海中捷若游魚，不多時游到船旁，左手在船邊鐵錨的錨爪上一借力，飛身上了甲板。

眾人心下了然，原來波斯人暗藏禍心，待功德王等一干人過了小船，扯起風帆作爲遮掩，暗放熟識水性之人潛到大船旁，意圖鑿沉張無忌等的座船。虧得紫衫龍王見到船旁潛水人吐氣的水泡，入海殺了六人。

驀地裏船尾轟隆一聲巨響，黑煙瀰漫。船身震盪，如中砲擊，後梢上木片紛飛。張無忌等只感一陣炙熱，忙一齊伏低。

黛綺絲搶到後梢，只見船尾炸了一個大洞，船舵已飛得不知去向，破洞中海水滾滾湧入。黛綺絲恨恨的道：「我只發覺他們鑿船，沒料到他們竟在船尾綁上了炸藥。」這時功德王等人所乘的小船早去得遠了，黛綺絲水性再好，也已無法追上。

眾人黯然相對，束手無策。趙敏向張無忌淒然望了一眼，心想：「敵船不久便即追上，我等當眞死無葬身之地了。」那大海船船身甚大，一時三刻之間卻也不致沉沒。

忽然之間，黛綺絲嘰哩咕嚕的向小昭說起波斯話來，小昭也以波斯話回答，兩人一問一答，臉上神色變幻不定。說話間小昭向張無忌瞧了一眼，雙頰暈紅，甚是靦腆。黛綺絲卻厲聲追問。兩人說了半天，似乎在爭辯甚麼，後來黛綺絲似在力勸小昭答允甚麼，小昭只搖頭不允，忽又向張無忌瞧了一眼，嘆了口氣，說了兩句話。黛綺絲伸手摟住了小昭，不住吻她。兩人一齊淚流滿面。小昭抽抽噎噎的哭個不住，黛綺絲柔聲安慰。

張無忌、趙敏、周芷若三人面面相覷，全然不解。張無忌心中隱隱感到，小昭對己情意深重，射來的眼光中顯得既無奈、又不捨。忽聽得趙敏在耳邊低聲道：「你瞧，她二人相貌好像！」張無忌一凜，只見黛綺絲和小昭都是清秀甜美的瓜子臉，高鼻雪膚，秋波流慧，眉目之間當眞有六七分相似，只小昭的容貌之中，波斯胡人的氣息只餘下淡淡影子，黛綺絲卻一見便知不是中土人氏。他立時想起苦頭陀范遙在大都小酒店中對小昭所說的那句話：「眞像，眞像！」原來所謂「眞像」，是說小昭的相貌眞像紫衫龍王。那麼小昭是黛綺絲的妹妹麼？是她女兒麼？

張無忌跟著又想起楊逍、楊不悔父女對小昭的加意提防，每當問到楊逍何以對小昭這麼一個小姑娘竟如此忌憚，似當大敵，他只說小昭容貌甚似一個故人，恐對明教不利，但又語焉不詳，不肯細說。這時方始明白，原來楊逍也已瞧出小昭的容貌和紫衫龍王頗爲相似，只是並無其他佐證，又見張無忌與她相互頗有情誼，這才不便明言。至於小昭故意扭嘴歪鼻，苦心裝成醜女模樣，其用意更加昭然若揭了。

突然之間，他又想起了一事：「小昭混上光明頂去幹甚麼？她怎麼知曉秘道的入口？那定是紫衫龍王要她去的，用意顯是在盜取乾坤大挪移心法。她做我小婢，相伴已一年多，我從來對她不加防備，這份心法她先已看過，此後要再抄錄一通，當眞易如探囊取物。啊喲！我只道她是個天真爛漫的小姑娘，那料到她如此工於心計。我這一年來如在夢中，一直墮在她彀中而絲毫不覺。張無忌啊張無忌，你一生輕信，時受人愚，竟連這小小丫頭也將你玩弄於掌股之上。」想到這裏，不禁大是氣惱。

便在此時，小昭的眼光向他望了過來。張無忌見她眼色中柔情無限，實蘊深情，心中又怦然一動，想起光明頂上對戰六大派時，她曾捨身相護自己，此後她長時細心服侍，決不能事事相欺，莫非冤枉了她？正自遲疑，船身劇烈一震，又沉下了一大截。

黛綺絲道：「張教主，你們各位不必驚慌。待會波斯人的船隻到來，我和小昭自有應付之方。紫衫龍王雖是女流之輩，也知一人作事一身當，決不致連累各位。張教主和謝三哥待我義重如山，黛綺絲這裏謝過了。」說著盈盈拜倒。張無忌和謝遜急忙還禮，均想：「這些波斯人行事歹毒，待會定當將你抓去燒死，也不會放過了咱們。」

座船漸漸下沉，艙中進水。周芷若抱起殷離，張無忌抱起趙敏，各人爬上桅桿。

小昭忽向東方一指，哭出聲來。各人向她手指之處望去，只見遠處海面上帆影點點。過不多時，帆影漸大，正是十餘艘波斯大船鼓風追來。

張無忌心想：「倘若我是黛綺絲，與其身遭火焚之苦，還不如跳在海中，自盡而死。」然見她神色泰然，毫不驚懼，不禁佩服：「她身居四大法王之首，果非尋常。想當年鷹王、獅王、蝠王都已是成名的豪傑，她以一個妙齡少女，位居三王之上，也不能僅因一日之功而得，自當另有過人之處。」眼見波斯羣船漸漸駛近，又想：「我得罪諸寶樹王不小，既落入他們手中，也不盼望再能活命。只是如何想個法兒，護得義父和趙姑娘、周姑娘、表妹、小昭她們周全。小昭，小昭，唉，我叫過你小妹子，寧可你對我不義，不可我待你不仁。」

十餘艘波斯大船漸漸駛近，船上砲口一齊對準了沉船的桅桿，駛到離沉船二十餘丈處，便即落帆下錨。只聽得智慧王哈哈大笑，得意非凡，叫道：「爾等降不降了？」張無忌朗聲道：「你們都是明教首領，行事毫不光明，豈不有辱這個『明』字？是好漢子便武功上決一強弱。」智慧王笑道：「大丈夫鬥智不鬥力哉！」

黛綺絲突然朗聲說了幾句波斯話，辭氣極是嚴正。智慧王一怔，也答以幾句波斯話。兩人一問一答，說了十幾句話，那大聖王也接嘴相詢。又說了幾句，大船放下一艘小船，八名水手划槳，駛了過來。

黛綺絲道：「張教主，我和小昭先行過去，請你們稍待片刻。」謝遜厲聲道：「韓夫人，中土明教待你不薄。本教的安危興衰，繫於無忌一人之身。你若出賣我們，謝某命不足惜。要是損及無忌毫髮，謝某縱爲厲鬼，也決不饒你。」黛綺絲冷笑道：「你義兒是心肝寶貝，我女兒便是瓦石泥塵麼？」說著挽了小昭之手，輕輕一躍，落入了小船。八名水手揮槳如飛，划向波斯大艦去了。

各人聽了她這兩句話，都是一怔。趙敏道：「小昭果然是她女兒。」遠遠望見黛綺絲和小昭上了大船，站在船頭，和諸寶樹王說話，自己座船卻不住下沉，桅桿一寸一寸的低下。

謝遜嘆道：「非我族類，其心必異。無忌孩兒，我識錯了韓夫人，你識錯了小昭。無忌，大丈夫能屈能伸，咱們暫時忍辱，再設法找機會逃脫。你肩頭挑著重擔，中原千萬百姓，均盼我明教高舉義旗，驅除韃子，一旦時機到來，你自行脫身，決不可顧及旁人。你是一教之主，這中間的輕重大小，可要分辨清楚了。」

張無忌沉吟未答。趙敏哼了一聲，道：「自己性命都不保了，還甚麼韃子不韃子的。你說蒙古人好呢，還是波斯人好？」

周芷若一直默不作聲，這時忽道：「小昭對張公子情意深重，寧可自己性命不要，也決不會背叛他。」趙敏道：「你不見紫衫龍王一再逼迫她麼？小昭先是不肯，最後被逼得緊了，終於肯了，還假惺惺地大哭一場呢。」

這時桅桿離海面已不過丈餘，海中浪濤潑了上來，濺得各人頭臉皆濕。趙敏忽然笑道：「張公子，咱們和你死在一起倒也乾淨。小昭陰險狡獪，反倒不能跟咱們一起死。」這幾句話雖以玩笑口吻出之，但含意情致纏綿。

張無忌聽得甚是感動，心道：「我不能同時娶她們爲妻，但得和她們同時畢命，也不枉了。」看看趙敏，看看周芷若，又看看懷中的殷離。只見殷離仍昏迷不醒，趙周二女均雙頰酡紅，臉上濺著點點水珠，猶似曉露中的鮮花，趙女燦若玫瑰，周女秀似芝蘭，霎時之間，心中反覺平安喜樂，但一想到小昭，仍是不勝惆悵。

忽聽得十餘艘大船上的波斯人齊聲高呼。張無忌等吃了一驚，凝目望去，只見每艘船上的波斯人一齊在甲板上拜伏，向著大艦行禮。大艦上諸寶樹王也均伏在船頭，中間椅上端坐一人，倒似小昭模樣，只隔得遠了，瞧不清楚。張無忌等驚疑不定，不知這些波斯人在搗甚麼鬼。羣胡呼喊了一陣，站起身來，仍不斷的叫喊，喊聲中充滿歡愉，倒似遇到了甚麼大喜慶事一般。

過了一會，那小船又划了過來，船中坐的赫然正是小昭。她招手說道：「張教主，各位請同到大艦之上。波斯明教決計不敢加害。」趙敏問道：「爲甚麼？」小昭道：「各位過去便知。若有相害之意，小昭如何對得起張教主？」

謝遜忽問：「小昭，你做了波斯明教的教主麼？」

小昭低眉垂首，並不回答，過了片刻，大大的眼中忽然掛下兩顆晶瑩的淚水，從白玉一般的臉頰上流了下來，跟著淚水不斷，成串流下。

霎時之間，張無忌耳中嗡的一響，一切前因後果已猜到了七八成，心下又難過，又感激，說道：「小昭，你這一切都是爲了我！」小昭側開了頭，不敢和他目光相對。

謝遜嘆道：「黛綺絲有女如此，不負了紫衫龍王一世英名。無忌，咱們過去罷。」說著躍入小船。接著周芷若抱起殷離，跳了過去，張無忌也抱著趙敏入船。

八名水手掉過船頭，划向大艦。離大艦尚有十餘丈，諸寶樹王已一齊躬身迎接教主。

眾人登上大艦，小昭吩咐了幾句，早有人恭恭敬敬的送上面巾、食物，分別帶著各人入艙換去濕衣。

張無忌見他所處的那間房艙極是寬敞，房中珠光寶氣，陳設著不少珍物，剛抹乾身上沾濕的海水，呀的一聲，房門推開，進來一人，正是小昭。她手上拿著一套短衫褲、一件長袍，說道：「教主哥哥，我服侍你換衣。」張無忌心中一酸，說道：「小妹子，你已是總教教主，說來我還是你屬下，如何可再做此事？」小昭求道：「教主哥哥，這是最後一次。此後咱二人東西相隔萬里，會見無日，我便是再想服侍你一次，也不能了。」

張無忌黯然神傷，只得任由她和平時一般助他換上衣衫，幫他扣上衣鈕，結上衣帶，又取出梳子，給他梳好頭髮。張無忌見她淚珠盈盈，突然間心中激動，伸手將她嬌小的身軀抱在懷裏。小昭「嚶」的一聲，身子微微顫動。張無忌在她櫻唇上深深印了一吻，說道：「小妹子，初時我還怪你騙我，沒想到你竟待我這麼好。」

小昭將頭靠在他寬廣的胸脯之上，低聲道：「教主哥哥，我從前確是騙過你的。我媽本是總教三位聖處女之一，奉派前來中土，積立功德，以便回歸波斯，繼任教主。不料他和我爹爹相見之後，情難自已，不得不叛教和我爹爹成婚。我媽媽自知罪重，將聖處女的七彩寶石戒指傳了給我，命我混上光明頂，盜取乾坤大挪移心法。教主哥哥，這件事我一直在騙你。但在我心中，我卻沒對你不起。因爲我決不願做波斯明教的教主，我只盼做你的小丫頭，一生一世服侍你，永遠不離開你。我跟你說過的，是不是？你也答允過我的，是不是？」

張無忌點了點頭，抱著她輕柔的身子坐在自己膝上，又吻了吻她。她溫軟的嘴唇上沾著淚水，又甜蜜，又苦澀。

小昭又道：「我記得了乾坤大挪移心法，決不是存心背叛你。若非今日山窮水盡，我決不會洩露此事……」張無忌輕聲道：「現下我都知道了。」小昭幽幽的道：「我幼年之時，便見媽媽日夜不安，心驚膽戰，遮掩住她好好的容貌，化裝成一個好醜怪的老太婆。她又不許我跟她在一起，將我寄養在別人家裏，隔一兩年才來瞧我一次。這時候我才明白，她爲甚麼干冒大險，要和我爹爹成婚。教主哥哥，咱們今天若非這樣，別說做教主，便是做全世界的女皇，我也不願。」

說到這裏，她雙頰紅暈如火，伸臂摟住張無忌頭頸，柔聲說道：「教主哥哥，本來，將來不論你娶誰做夫人，我都決不離開你，終生要做你的小丫頭，只要你肯讓我在你身邊服侍，你娶幾個夫人都好，我都永遠永遠愛你。我媽寧可嫁我爹爹，卻不肯做教主，也不怕給火燒死，我……我對你也一模一樣……」

張無忌只覺得抱在懷裏的嬌軀突然熱了起來，心中一動，忽聽得黛綺絲的聲音在門外說道：「小昭，你克制不了情欲，便是送了張教主的性命。」

小昭身子一顫，說道：「教主哥哥，你以後莫再記著我。殷姑娘隨我母親多年，對你一往情深，是你良配，她決不會騙你。」張無忌低聲道：「我會永永遠遠記得你。我前晚做夢，娶了我可愛的小妹子做妻子，以後這個夢還會不斷做下去。」小昭柔聲道：「教主哥哥，我眞想你此刻抱住我，咱二人一起跳下海去，沉在海底永遠不起來。」

張無忌心痛如絞，覺得如此一了百了，乃是最好的解脫，緊緊抱住了小昭，說道：「好，小妹子！咱二人就一起跳下海去，永遠不起來！」小昭道：「你捨得你義父，捨得周姑娘、趙姑娘她們嗎？」張無忌道：「我這時候想通了，在這世界上，我只不捨得義父和小妹子兩個！」小昭眼中射出喜悅的光芒，隨即又決然的搖搖頭，說道：「現今我可不能害死我媽媽，你也不能害死你義父。」張無忌道：「咱們這就殺將出去，擒得一兩位寶樹王，再要脅他們送回靈蛇島去。」

小昭淒然搖頭，道：「這次他們已學了乖，謝大俠、殷姑娘他們身上，此刻均有波斯人的刀劍相加。咱們稍有異動，立時便送了他們性命。」說著打開了艙門。只見黛綺絲站在門口，兩名波斯人手挺長劍，站她背後。那兩名波斯人躬身向小昭行禮，但手中長劍的劍尖始終不離黛綺絲背心。

小昭昂然直至甲板，張無忌跟隨其後，果見謝遜等人身後均有波斯武士挺劍相脅。小昭說道：「張教主，這裏有波斯治傷的靈藥，請你爲殷姑娘敷治。」說著用波斯語吩咐了幾句。功德王取出一瓶膏藥，交給張無忌。

小昭又道：「我命人送各位回歸中土，咱們就此別過。小昭身在波斯，日日祝張教主福體康寧，諸事順遂。」說著聲音又哽咽了。張無忌道：「你身居虎狼之域，一切小心。」小昭點了點頭，吩咐下屬備船。趙敏見兩人臉上淚痕猶新，眼睛都紅紅的，心中也爲張無忌難過。

謝遜、殷離、趙敏、周芷若等一一過船。小昭將屠龍刀和倚天劍都交了給張無忌，淒然一笑，舉手作別。

張無忌不知說甚麼話好，呆立片刻，躍入對船。只聽得小昭所乘的大艦上號角聲嗚嗚響起，兩船一齊揚帆，漸離漸遠。但見小昭悄立船頭，怔怔向張無忌的座船望著。

兩人之間的海面越拉越廣，終於小昭的座艦成爲一個黑點，終於海上一片漆黑，長風掠帆，猶帶嗚咽之聲。

倚天屠龍記(大字版) / 金庸作.　-- 二版.
-- 臺北市：遠流，2017.10
冊；　公分.--(大字版金庸作品集；31–38)

ISBN 978-957-32-8103-0 (全套：平裝).

857.9　　　　　　　　　　　106016643